魔女狩りの夜に

アイル【チーム·Riva】 原作
南雲恵介　著
リバ原あき　原画

PARADIGM NOVELS 143

登場人物

ルード神父《しんぷ》

ある理由から神父という職業に就いてはいるが、信仰心のかけらもなく、むしろ神を盲信する人々を憎んでさえいる。神を冒涜するために、魔女審判の名を借りて女性を凌辱し続けている。

アンジェ　リディアと同じ教会の修道女。いつもおどおどとリディアのうしろに隠れている。それが男の嗜虐心を誘っている。

リディア　田舎町の小さな教会の修道女。赴任してきたばかりのルードに冷たく接する。性格はきついがアンジェには優しい。

エミリ　物怖じしない元気な少女で、父親と町の雑貨屋を営んでいる。ルードにも「神父さま、神父さま」となついている。

マリー　ルードの赴任した町の娘で、結婚式を間近に控えている。相手は名家の息子で、紆余曲折があってゴールインする。

ジェシカ　町はずれの森の小屋にひとりで住んでいる。半年ほど前に引っ越してきた未亡人だということ以外は謎の人物。

セレナ　どこか物憂げな雰囲気のある人妻。最近夫の様子がおかしいことを悩んでいる。左目の下の泣きぼくろが色っぽい。

第3章 マリー

第7章 セレナ

第7章 ジェシカ

目次

プロローグ

その部屋の中は、漆黒《しっこく》の闇《やみ》だった。絶望という名の闇。

――ピシッ！　パシッ！

その闇を切り裂く派手な打擲音《ちょうちゃくおん》が響いた。

「ひぃぃぃぃぃぃぃーっ！」

続いて、ソプラニーノ・サックスのリードが不自然に震えた様な女の叫び声が、切り裂かれた闇に吸い込まれていく。

男は、闇の中、女へ鞭《むち》を振るい続けた。鞭を打つ度に、男の後ろで束ねた長い髪が揺れる。だが、それも女には見えない。

「も、もう……お許し下さい……」

闇は、必要以上に人間に恐怖をもたらす。

女は、気息奄々《えんえん》たる声で哀願した。

「君は、まだ自分の立場を理解していない様だね」

男はそう言いながら、蝋燭《ろうそく》に火を灯《とも》した。

薄明かりの中に、女の裸体がぼうっと浮かぶ。

女は両手を縛られ、天井にある鉤《くい》に吊《つ》るされていた。背中や尻《しり》に、赤い線が幾筋も走っている。女の肌に出来たミミズ腫《ば》れは、男をこの上なく嗜虐《しぎゃく》的な気分にさせた。

「し、神父様……。わ、わたしは決して魔女なんかでは……」

プロローグ

神父と呼ばれた男は、丈の長いガウン状の黒服を纏《まと》っていた。

腰の部分を金色の細い帯で結んである。聖職者の服だ。胸の一部は白い布で覆われており、そこには太陽をモチーフにした金色の紋様があしらわれている。神の使徒『ラフレア』を象徴する、聖なる紋様である。左右の肩に各々《おのおの》一個ずつある金色の飾りボタンは、男が確かに神父である事を証明していた。

「そうか……。そこまで言うなら君が魔女である事を明らかにしてあげよう」

男は、女の縛《いまし》めを解いた。女は、よろめきながらも部屋の扉へと向かう。女の手が扉の取っ手に掛かったが、扉はビクとも動かなかった。

「無駄《むだ》だよ。その扉は内側からも鍵《かぎ》が掛かる様になっているんだ」

男は、冷ややかな視線で女を射抜いた。

「まあ、逃げたいのなら鍵を開けてやってもいいがね。但《ただ》し、逃げると君を魔女だと断定するよ。清める事も不可能な魔女だと、司教区に報告すれば……」

女はその場に崩れ落ちた。そんな風に司教区に報告されれば、確実に火刑に処される。

「さあ、こっちへ来るんだ」

男は、全裸のままの女の手を引いた。女に選択肢《せんたくし》は無い。女は、男のされるがままになるしかなかった。

女は、ベッドに横たえられた。男の指が、仰向《あおむ》けになった女の乳首を揉《も》みほぐす。女の乳首は、牝《めす》の反射を示した。こんな状況にありながらも、ツンとしこってきたのだ。

「さあて、魔女審判といこうか……」

男が針を取り出した。針の先端を勃起《ぼっき》した乳首に向かわせる。女の表情が恐怖に戦慄《おのの》いた。針先が充血しきった乳首を貫通し、鮮血が飛び散る。

「ぎゃあぁぁぁぁぁぁぁーっ！」

女の口から絶叫が迸《ほとばし》った。男は、それでも構わず、女の全身に針を突き立てる。

「悪魔と契約を結んだ者は、躯《からだ》の何処《どこ》かに痛みを感じない部分があるからね。君に痛みを感じない部分が無ければ、君の潔白は証明されるって理由《わけ》さ」

女は、喉《のど》が嗄《しゃが》れるまで叫び続けた。

「神父様……。これで、わたしの潔白が……」

「いいや。まだ、試してない部分がある」

男はそう言うなり、女の脚を大きく開いた。

女の秘苑《ひえん》が男の目前に曝《さら》け出される。まだぴったりと閉じた女の肉の扉は、幼気《いたいけ》でさえあった。男は、その扉を無理矢理捲《めく》り上げ、更にその上端にある肉皮をも捲り、最も敏感な釦《ボタン》を剥《む》き出しにする。

男の持つ針は、まず肉釦に向かった。

「ひぃっ！　ひぃっ！　ひぃぇっ！」

プロローグ

女は壊れたリードオルガンの様な悲鳴を上げた。しかし——。

「……………ぁ……？」

「ほう、一番神経が集まっている所が痛くないとは……」

続いて、針は捲られたラビアに向かった。が、女に痛がる様子は無い。

「なるほど。最も淫《みだ》らな場所に契約の印があったのか。それなら、私《わたし》の聖なる液で、ここを清めねばならない……」

男は聖服をかなぐり捨てた。男のガッシリとした躯が露《あら》わになる。男の筋肉は、聖職者というよりも、格闘技家か何かの様に鍛え上げられていた。

だが、それよりも目を引くのは、巨大なイチモツであった。屹立《きつりつ》したソレは、禍々《まがまが》しくさえある。

女は男の剛直を見て、目を見開いた。男がそんな女に覆い被《かぶ》さっていく。

「そ、それだけは、お許しを！　わ、わたしは、わたしは初め……っ！」

女が全《すべ》て言い終わらない内に、男の剛棒が肉の扉をこじ開けた。

「つうぅっ！　痛いっ！」

男の剛棒の頭の部分が埋まった所で、何か粘膜の障害に当たった。女は、突然の侵入物を避けようと身を捩《よじ》る。男は女の腰を掴《つか》み、逃れられないよう固定した。

ほう。初物が最後とは付いている——。

そんな事を考えながら、男は腰を押し進めようとした。が、女は悲痛な叫びを上げながら、ベッドの上へ上へとずり上がっていく。

「痛いって事は、悪魔との契約が解けかかっている証拠だよ」

男は勝手な事を言いながら、女がずり上がるのに合わせて腰を進めた。女の頭がベッドの柵《さく》に当たる。もうこれ以上は、上へ逃れる事は出来ない。

男は女の肩を抑えつけ、一気に剛棒を打ち込んだ。粘膜の破れる感触とともに、めりめりとばかりに肉襞《にくひだ》が掻《か》き分けられていく。プチッという音が聞こえた様な気がした。

「痛いぃいいいいいいいいいいいいーーっ！」

女は、破瓜《はか》の叫びを、その可憐《かれん》な唇から迸らせた。

男は根元まで楔《くさび》が打ち込まれた事を確認すると、最初から苛烈《かれつ》なまでの抽送《ちゅうそう》を行った。

「それっ！　それっ！　それっ！　それっ！　それっ！　それっ！」

「痛いっ！　痛いっ！　痛いっ！　痛いっ！　痛いっ！　痛いっ！」

男の腰の動きに合わせて、女の悲鳴が部屋に響いた。

「そうれ！　いくぞ！　私の聖なる液で清めてやる！」

男は、腰の動きを一層速めた。

「ひぃいっ！　ひぇえっ！　切れちゃうっ！　アソコが切れちゃうっ！　痛ぃいーっ！　痛いよぉおおおおーっ！」

プロローグ

「うおぉおぉおぉおーっ！」

男は咆哮《ほうこう》すると、欲望の塊を女の中に解放した。

「ぃたい……ぃたい……ぃたい……ぃたい……ぃたい……」

男が剛棒を引き抜いた後も、女は譫言《うわごと》の様にそう繰り返していた。

こじ開けられた女の肉壺《にくつぼ》が、ヒクリと収縮する。痙攣《けいれん》の様な収縮と同時に、放たればかりの男の白い体液が、ブクブクと噴き零《こぼ》れてきた。

「これで、君の中に潜む悪魔は祓《はら》った。君の魔女容疑は晴れたんだよ」

男は、もう出て行ってもよいとばかりに、部屋の扉を開いた。女は服を着ると、よろよろと脚を引きずりながら、部屋を出て行った。その様子は、まだ股《また》の間に何かを挟んでいるかの様であった。

女が去った後のベッドのシーツには、処女の印である赤いシミが作られていた。

男は暫《しば》し、赤い印を凝視していた。男の目が遠くを見つめる様になり、シミから焦点がずれていく。男の目に、処女の血の跡が二重に映った。

あんな事が無ければ、私の人生も違った物になっていたかも知れない――。

過去に思いを馳《は》せていた男は、大きく頭《かぶり》を振った。

いや、もうよそう。他の生き方が出来たのかも知れないが、私の生き方は子供の頃《ころ》に決められてしまったのだ――。

この町は大きな町だし、人が摺《す》れているからやり難《にく》かったが、それでも一通りめぼしい女とは犯《や》った――。

この町で、魔女審判と偽って女を凌辱《りょうじょく》するのも今日で最後だと思うと名残惜《なごりお》しいな――。

次の赴任先は小さな町だというし、ここよりもやり易いかも知れない。新しい町にも獲物はいるだろう――。

次の町でも凌辱の限りを尽くすまでだ――。

第1章　禁断の修道院

私《わたし》は次の赴任先を目指し、森の中を歩いていた。木々の間を渡る風が気持ち良い。暫《しばら》く歩くと町が見えてきた。私は、思わず息を飲んだ。

この光景は——。

それは、私が生まれ育った村に似ていた。嫌な光景だ。あの事を思い出させる。

と、一人の女性が目の前に現れた。通った鼻筋に厚みのある唇。腰まである桜色をした長い髪を風になびかせている。魅力的な大きな目をしており、その目尻《めじり》がやや下がっているのが、その女性を優しく感じさせる。ただ、彼女の黒い瞳《ひとみ》は、憂いを湛《たた》えていた。

私の心が、何故《なぜ》かざわついた。

「……貴女《あなた》は？」

私は話しかけたが、その女性は微《かす》かに笑みを浮かべただけだった。そして、すぐに森の奥——私が歩いて来た方向へと消えて行った。

「神父様？　ルード神父様！」

「うん？　どうしたヨルン？」

どうやら私は、上の空でいた様だ。不思議な笑みを残して森へ消えた彼女の事を考えて……。ヨルンが何度か私に声を掛けたそうだが、私はそれに気が付かなかった。

「もう少しで教会ですね」

ヨルンは、前の教会からずっと私に付き従っていて、今度の赴任先にも私のお供として一緒に来た青年だ。彼は、何でも信じ込み易い。だから、すぐに私の口車に乗せられる。便利なのでずっと使っているというわけだ。

そして、私はルード。理由《わけ》あって、神父などという仕事をしている。それがどんなに似合わない職業か、自分が一番良く知っている事だ。私は、神を信じない。悪魔も信じない。だから、この世界に蔓延《はびこ》る『魔女狩り』などというものも、馬鹿《ばか》げた事だと思っている。私は、この立場、それから魔女狩りという名目を利用して、好き勝手な事をさせてもらっている。ただ、それだけの事だ。

やがて、私達《たち》は教会に着いた。

「ここが新しい赴任先です。そして、この小さな町の人達が、今日から神父様のお導きになる相手です」

導く……か。こんな私が何を導くというのか――。

私達を迎えてくれたのは、二人の修道女だった。田舎の小さな教会だから、二人しかいないらしい。

「わたくしがリディア。それから、こちらがアンジェです」

「あの……。よろしくお願いします……」

リディアと名乗った女は、赤い髪を短く切りそろえ、怜悧《れいり》な双眸《そうぼう》をしていた。知的な印象を受けなくもないが、初対面の挨拶《あいさつ》だというのにニコリともしない。リディアは、人を小馬鹿にした様な冷たい視線を、私達に向けていた。

アンジェの方は、コバルトグリーンの瞳と、ハニーブロンドの長い髪が印象的な女性だった。しかし、彼女の視点は、キョロキョロと定まらない。おどおどとした態度と話し方が、やたら目についた。丁度、追い詰められて弱々しく脅《おび》える小動物の様だ。

リディアの一切をはじき返す様な態度とは対称的に、アンジェは力に包み込まれたら押し潰《つぶ》されてしまいそうであった。

「では、教会の中をご案内致します」

リディアがそう言った。私とヨルンは荷物を各自の部屋に置いた後、一息つく暇も無く、リディアとアンジェに案内され、教会の中を見て回った。といっても、アンジェはリディアの後ろに付き従っていただけだが。

教会の造りは、別段、変わった所は無い様だった。

と、廊下を歩いていた時、私は地下へと降りて行く階段がある事に気がついた。リディアに尋ねてみる。

「あの先には、何もありませんよ」

「何も無いのに、何故階段があるのだね？」

「扉で塞《ふさ》がれていて、それ以上中に入れないのです」

「扉？　見せてくれないかな？」

リディアは、仕方無いといった表情を浮かべて、地下への階段を降りて行った。階段を降りると、暗い廊下だった。少し行った所で、廊下は扉によって塞がれ、行き止まりになっている。その扉は、鎖で厳重に封印されていた。

中に何があるのか？　何故、封印されているのか？　リディアに聞いてみても、何も知らないと言う。リディアがこの教会に来た時には、既《すで》にこの状態だったとの事だ。

「……リディア様」

私とリディアが話していると、アンジェが怯《おび》えた様子でリディアの袖《そで》を引っ張った。私達は、ひとまず戻る事にした。

敷地内を一通り案内してもらった後、私達は修道院の建物の前に出た。

「言わなくてもいいと思いますが、ここから先は男子禁制ですので。では、わたくし達はこれで」

リディアはそう言って踵《きびす》を返した。

「あ……。し、失礼します……」

リディアに続いて、アンジェがペコリと頭を下げて、建物の中へと入って行った。

それにしても、神父に向かって、わざわざ男子禁制とまで念を押すとは、いちいち癪《しゃく》に障る女だ。ま、その判断は間違っていないが――。

その夜、私はヨルンを伴って、地下の階段を降りて行った。妙に気になり、ちょっと調べてみる事にしたのだ。

扉はかなり分厚そうだった。それに鎖も太くて、ちょっとやそっとで切れそうもなかった。鎖は、扉を固定する様な状態で、壁に留められている。壁に留めている部分は鉄釘《てつくぎ》で、石を積み上げてある壁に打ち付けてあった。

だが、よく見ると、鉄釘を打ち付けてある部分が脆《もろ》くなっている事に気付いた。私は傍にあった煉瓦《れんが》を手にとり、それを鉄釘向けて打ち据《す》えた。

——ジャラッ！

鎖は、案外簡単にとれた。早速、扉を開いてみる。

私は、思わず目を見張った。地下にこんな部屋があるとは——。

扉の向こうに私達が見たのは、薄暗い部屋と、その中に所狭しと並べられた拷問具の数々だった。棚や無造作に置かれている器具のために、狭苦しい部屋の様に感じるが、部屋自体は結構な広さがある様だ。

部屋の中には、多種多様な器具が揃《そろ》っていた。

壁や天井から鎖で手枷《てかせ》や足枷がぶら下がっている。それらは、壁や天井の中へと引き込まれていく構造になっているみたいだ。壁にあるレバーを回す事で、鎖が壁や天井の中へ巻き込まれる仕組みらしい。

部屋の中央には、人間が寝転がれるくらいの台座がある。その台座の上には、鎖でつながれた手枷足枷が乗っている。手足にその枷をはめると、ちょうど大の字になる様になっている。

台の上、手足に枷をはめられた女……。手足を大きく開かれ、もがく女の白い肢体《したい》——。

その光景を想像して、私は心の中でほくそ笑んだ。

「使える……」

無意識に、私はそう呟《つぶや》いていた。

「え？　この部屋を、お使いになるんですか？」

「ああ。魔女審判などの時に使えると思ってな」

私は、ヨルンに部屋の掃除を命じ、その夜は眠りについた。無論、リディアとアンジェに気取られない様に、と付け加える事も忘れなかった。

翌朝、掃除を終えたヨルンが私にある物を差し出してきた。

「ところで神父様、こんな物を見つけたんですが……」

それは、悪魔像であった。先任の神父が悪魔信仰者だったという噂《うわさ》を耳にした事があるが、どうやら本当だった様だ。これも何かに使えそうだ——。

「この像は私が預かっておく。それから、この像の事はくれぐれも内密にするように」

私は、ヨルンにそう言い残し、町に出る事にした。勿論《もちろん》、獲物を探すためだが、町の人々と馴染《なじ》みになっておく必要もある。魔女狩りに託《かこつ》けて獲物を狩るためには、獲物以外の人間の信頼を得ておく事も、また必要な事なのだ。

「あらっ、もしかして、新しくいらっしゃった神父様ですか？」

町を歩いていると、一人の女性が話しかけてきた。顔はまだ幼いが、躯付《からだつ》きはもう大人《おとな》だ。隣りには、デレッとした表情の青年がいる。

「わたしはマリー、こちらはナックと言います」

二人は、明後日私の教会で結婚式を挙げるのだと言った。ナックは私に惚気話《のろけ》を始める。つきあってられない――。内心そう思いながらも、私はにこやかな笑顔を崩さなかった。

「ちょっと、神父様はお忙しいのよ。それに、今日は注文しておいた物が届く日なのよ」

マリーが止めに入った。助かった――。

「え、ああ、そうだね」

「じゃあ、失礼します」

二人は立ち去って行った。

マリーが結婚するとは……。やれやれ、本当にもったいない――。

ある事を思い立った私は、教会に戻った。

「あ、神父様、お帰りなさいませ」

戻ってみると、リディアが祭壇《さいだん》を整えている最中だった。丁度いい。

「ああ、ちょっと聞きたい事があるのだが」

「何かご用でしょうか？　わたくし、忙しいんですけど」

全《まった》く、何処《どこ》までも愛想の無い女だ。だが、私は感情を表に出さず話を続けた。

「ナックさんとマリーさんの事だが……」

リディアの話では、ナックはこの辺りで一番の地主の跡取りだと言う。だが、気さくな人間で、家の事を鼻にかけたりする様な事は無いらしい。とはいえ、マリーは普通の家の娘、ナックはいわゆる町の名家の後継者。結婚にこぎつけるまで色々苦労もあったとの事だ。

「お話が終わったのでしたら、わたくしはこれで失礼させて頂きます」

話が終わると、リディアはそそくさと立ち去って行った。つっけんどんな態度にも程がある。生意気な娘だ。いずれ、その無愛想な顔を涙でグシャグシャにしてやる――。

リディアの件はさておき、私は自室に戻り、まだ整理していない荷物の中身を確かめた。

「あった……」

探していた物が見つかった。これで結婚式の当日は――。

まだ日が高い。私は再び町に出た。

町を歩き回っている内に、一人の女性が目についた。少し年増だが、艶《つや》のある唇をしたなかなか色香ある女性だ。左の目尻の下にある泣きぼくろが、色香を際だたせていた。しかし、ブラウンの瞳に、何処か物憂げなものを漂わせている。

「もしもし、そこの女の人」

「あ、これは……新しくいらした神父様というのは……。わたし、セレナと申します」

私は、如何《いか》にも慈悲深い表情、といった仮面を自らの顔に張り付けて、自己紹介した。

最初の印象が、肝心なのだ。

「セレナさんですか……。ところで、何か心配事でもあるんですか？」

「えっ？」

「いや、私の勘違いならいいんだが。何か心配そうな表情をしているから……」

「はい。実は……」

セレナが言うには、夫の体調が思わしくないとの事だ。

セレナは人妻だったのか……。艶っぽいのも道理だ。人妻……いい響きだ——。

私はそんな考えをおくびにも出さず、こう言った。

「ならば、神に祈りなさい。私も、貴女の旦那《だんな》様の容態が良くなる様、神に祈りを捧げておきましょう。くじけないでください。いつでも神は貴方達《あなた》の事を見ていますよ」

セレナは礼を述べ、去って行った。

少し歩くと、道具屋の看板が目についた。私は入ってみる事にした。

「いらっしゃいませ～」

カウンターの向こうには、まだ十代と思われる少女が笑顔を浮かべて立っていた。全く屈託の無い笑顔だ。

女の子は、ブロンドの髪をポニーテールにしていた。エメラルドグリーンの大きな目が良く動く、キュートな少女だ。好奇心が旺盛《おうせい》なのだろう。

その子の服装は、瞳の色に合わせた様なグリーンのシャツに、短めの真っ赤なスカートという物だった。黄色いスカーフを巻き、カウンター越しで良くは見えなかったが、ストッキングも黄色の様だ。

ここまで原色でまとめられたら、普通嫌味に見えるものだが、彼女の場合、それが彼女の闊達《かったつ》さを表している様で、逆に好印象を持てた。

「あ、もしかして新しく赴任されていらした神父さまですか～？」

「そうだよ。私が新しく赴任した神父だ」

「はじめまして！　あたし、エミリといいます。何でも揃ってますから、何か必要な物があったら言ってくださいね～」

確かに彼女の言う通り、棚の上には多種多様な種類の品物が並べられていた。最も多いのは日用品。それから、食材に薬や小物。どんな種類の品物もあった。

「ふーん、見たところ店番をしているのは君一人の様だが。君が一人でやっているのかい？」

「いいえ、お父さ……じゃない、父が仕入れとかをやってて、あたしが店番をするという分担になってます。まあ、父はめったに戻って来ませんから、一人暮らしみたいなものですけどね」

「ほお、案外しっかり者なんだな。感心、感心」

「やだぁ、そんな事ありませんよ。それにその『案外』って、どういう意味です？」

「え？　私はそんな事を言ったかな。いや、これは失礼した」

「うふふふっ。おもしろい神父さま」

私は自分に余りに似つかわしくない、このほのぼのとした雰囲気に眩暈《めまい》を覚えざるを得なかった。

「本当に、いろんな物があるね」

「ここって、小さな町でしょ？　だから、店の数も少ないですし。都会みたいに専門店なんかじゃ、やっていけませんもん。それよりも、いろんな種類の品物をおいてる方が喜ばれますから」

エミリが言うには、棚にある以外の商品は奥にしまってあるそうだ。

「棚のどこに何があるか覚えてて、お客さんの欲しい物が棚に無い時は、奥から持って来るんです。ところで、神父さまは、どこからいらしたのですか？」

　急に話が飛んだ。私が何処から来たかなど、どうでもいい事だろうに、どうしてこの娘はそんな事まで聞きたがるのか？　やはり、好奇心旺盛な性格の様だ。彼女らしいと言えば、そう言える。

「……バニアだが」

「すごーい！　都会からいらしたんですね！」

　確かに、バニアはこの国の中でも最大の都市の一つだ。だが、人がウジャウジャいるだけで、ろくな事は無い。私の考えを余所《よそ》に、エミリは言葉を続けた。

「いいなぁ、あこがれちゃうなぁ。じゃあ、出身もバニアで？」

「ん？　いや、出身は……」

　私は、暫《しば》しの沈黙を強《し》いられてしまった。

　生まれ故郷か――。

　一瞬、山間の小さな村が脳裏に甦《よみがえ》る。緑の絨毯《じゅうたん》の中から、ぽつりぽつりと姿を見せている古びた家。時間から取り残された様に変化の無い光景……。

　その光景の中で、私は憎しみというものを知った。

「…………」

「どうかしたんですか？」

「いや。何でもない」

「いいなぁ、わたしも大きな街に行ってみた～い！」

エミリはうっとりしていた。大方、あこがれの都会に思いを馳《は》せているのだろう。

まあいい。私の思い――いや執念など、この娘の知る由では無いのだから。いや、私の執念は、私以外の誰《だれ》にも解《わか》らない。

私は、エミリに激励の言葉をかけて、道具屋を辞した。

エミリか……。まあ、何にせよ目を付けておこう――。


夜になり、私は修道院に出向いてみた。男子禁制だと釘を刺されていたが、そんな事は私にとってどうって事無い。対称的な二人の修道女であったが、どちらも粒揃いだ。探れば、何かつけ込む隙《すき》が見つかるかも知れない。

修道院に近付くと、話し声が聞こえてきた。窓が少し開いている。そこから、漏れているのだろう。私は、その窓から中を覗《のぞ》き込《こ》んだ。

リディアはナイトガウンを羽織って、椅子《いす》に腰掛けていた。ガウンの下は、何も着けていないのかも知れない。胸の膨らみの先端に、突起が浮かんで見えている。

アンジェは、しどけない姿でベッドに俯《うつぶ》せになっていた。シーツを尻の辺りまで被《かぶ》っているので肝心な所は見えないが、白い背中が妙に艶《なま》めかしい。自分の体重で押し潰された乳房が、横にはみ出しているのが、何ともそそられる。

「ね、アンジェ……。今度来た神父様……どう思う？」

「はぁ……。とても、お優しそうな方だと思いますけれど。お顔だって、なかなかだと思いますし……」

「ハァ……」

リディアはアンジェを見つめると、大きく溜息《ためいき》をついた。

「貴女は男に対して免疫が無いから、判断までも誤るのよ。男ってのはね、どろどろとした暗い情欲をいっつも抱いているの。あの男だって、そんな欲望の塊を、あの仮面で隠してるのよ」

「はぁ……。そうでしょうか……？」

「そうよ。絶対」

リディアは、えらく、男に対して偏見を持っている様だ――。

「それより、アンジェ……」

リディアは、ナイトガウンを脱ぎ捨てた。想像通り、その下は素肌であった。リディアがスルリとベッドにもぐり込む。アンジェの横に来たリディアは、アンジェを仰向《あおむ》かせた。二人の唇がごく自然に重なり合う。そして、私が覗いている事も知らずに、薄暗い部屋の中、二人の女が白い肌を曝《さら》して絡み始めた。

「はぁ、はぁ、はぁ、ああ、リディア様……はぁはぁはぁはぁ」

リディアがアンジェの乳首を口に含んだ。途端に、アンジェの息が荒くなる。おそらく、口内で転がしているのだろう。

「うふふふふっ」

リディアは一旦《いったん》アンジェの乳首から口を離し、昼間は見せた事の無い様な淫靡《いんび》な笑みを浮かべると、アンジェの勃起《ぼっき》した乳首を舌先で弾《はじ》く様にし出した。同時にアンジェの股間《こかん》に手が伸びる。私の位置からは良く見えないが、股間にあるリディアの手の動きは、卑猥《ひわい》そのものだった。

「あぁ……あん……」

アンジェの声に甘い響きが含まれ始めた。

「ほら、もうこんなになっちゃって……」

リディアはそう言って、股間にあった手をアンジェの目の前に持って来た。指と指の間に、粘液が糸を引いているのが見て取れる。

「ああっ……リディア……様、はやく……」

アンジェがおねだりすると、驚いた事にリディアはディルドーを取り出した。それを脚の付け根の中心部に向ける。

「ああっ、う……んっ！」

アンジェが呻《うめ》き声を上げ、シーツを握り締めた。リディアの手の動きを見る限り、ディルドーはアンジェの秘処に抵抗無く埋まっていった様だ。

アンジェの脚の間から、リディアの手が見え隠れし出した。アンジェの秘処に挿《さ》し入れたディルドーを前後に動かし始めたのだろう。

「ああっ！　ああっ！　あんっ！　リ、リディア様ぁ〜っ！」

シーツを握るアンジェの手に力がこもる。クチュクチュという粘液質な音が、私の所まで聞こえてきた。

「どう？　気持ちいいでしょ？」

リディアの手の動きが速くなってきた。アンジェの躯が仰《の》け反《ぞ》り始める。

「随分、感じる様になってきたわね」

リディアの出《だ》し挿《い》れが、益々《ますます》速まった。アンジェは完全に弓なりになっている。リディアの手の動きに合わせて、アンジェの股間から粘液の飛沫《しぶき》が飛び散った。アンジェは足先までをも突っ張らせ、反り返った躯を爪先《つまさき》で支えている。

「ああっ！　ああっ！　ああっ！　ああっ！　あぁぁーっ！」

「もうすぐみたいね」

リディアの手が一層深くアンジェの股間に隠れた。

——ジュプッ！

粘液が弾ける音がすると、弓反りになったままのアンジェの躯が、痙攣《けいれん》を起こしたかの様に震えた。

「あっ！　あっ！　あ、あはぁぁぁーっ！」

直後に、アンジェが一際高い声を上げる。その一瞬の後、弓ぞりのアンジェの躯から力が抜け、ドサリとベッドに身を落とした。

「ほんと、可愛《かわい》い声を出す様になったわ。初めての時、あんなに痛がってたのがウソみたい……」

「あん、はぁ、はぁ……。い、言わないで……ください……」

「言ったでしょ？　最初は誰でも痛いって。私の言った通り、すぐに気持ち良くなる様になったわね。貴女、才能あるわよ。うふふふ……」

それにしても……。『初めての時』だって？　もしかして、アンジェは『男』を知らないのか？　という事は、リディアとあの張り形が初めての相手……。なんともはや――。

二人の痴戯《ちぎ》はまだ続いていた。

「ふふ……。ここをこうすると……」

リディアは、そう言いながらアンジェの脚を大きく開かせた。開いた中心部に顔を埋めていく。

「んあっ！　あ、ああっ！」

アンジェの躯が、再びピクリと跳ね上がった。

「感じるでしょ？」

さすが、女同士だ。ツボは心得ている様であった。

私は、もう暫く二人の痴態を堪能《たんのう》させてもらうつもりだった。が、……。

――ガサガサッ！　シュルシュルッ！

何の音だ？

見れば、小さな生き物がスルスルと、私の足元に滑り寄って来ているところだった。

ニョルアだ。ニョルアは西大陸の森林部に多く棲息《せいそく》している。体長は五、六十センチでおとなしい生物だ。鮮やかな緑色をしている蛇の様な生物だが、蛇とは違い後ろ足がある。頭部は蛇以上にエラが張った形状で、まるで男性自身の頭の様だ。しかも、エラの所には羽の様な物が出ている。おそらく、前足の名残《なごり》なのだろう。

私は、一瞬考えた後、ニョルアに手を伸ばした。驚かせてくれた礼をせねば――。

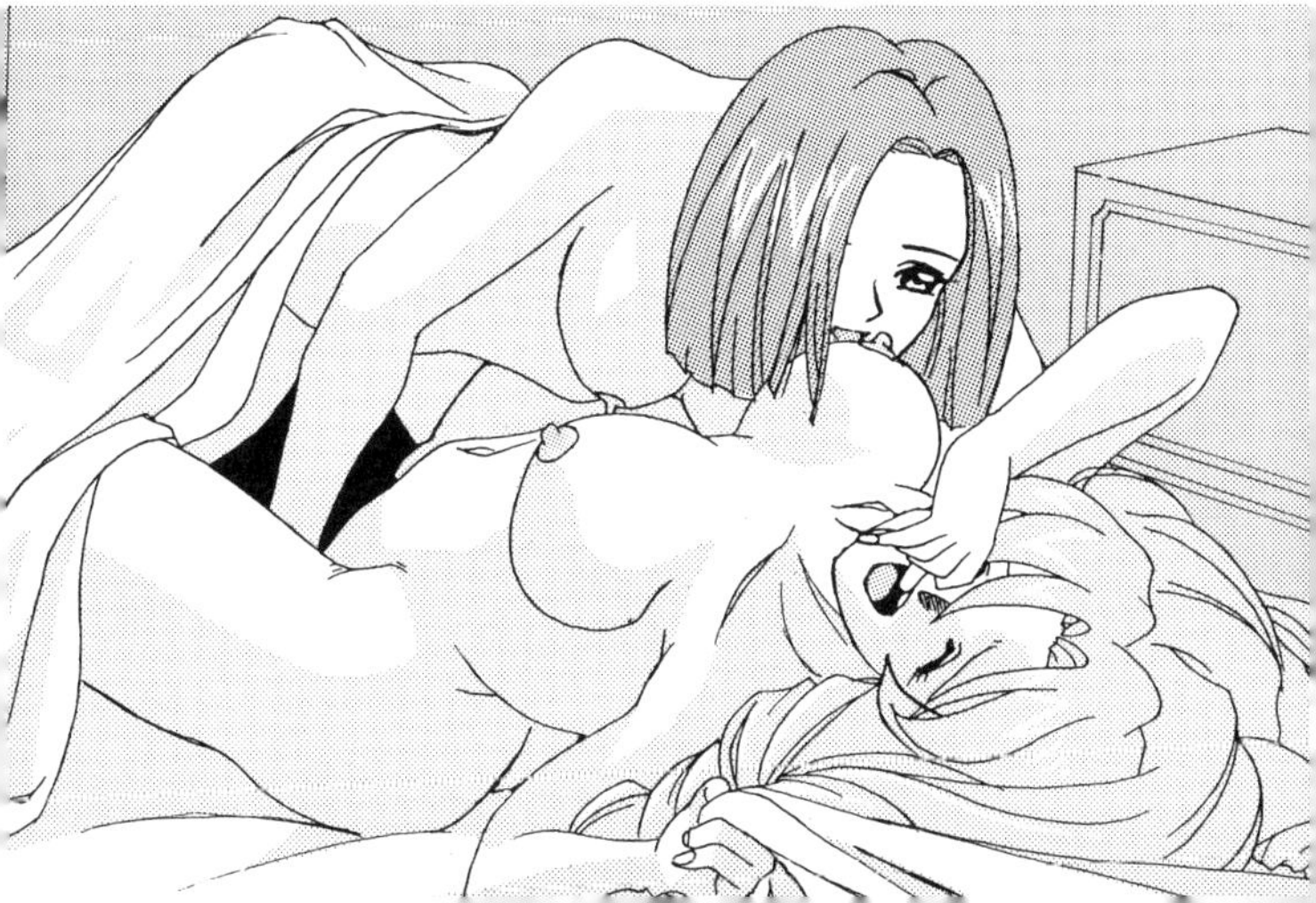

「誰……？」

リディアの声がした。ニョルアを捕まえる時に、物音を立ててしまった様だ。

「どうしたのですか、リディア様？」

「窓の外で物音が……」

私は急いで、その場から去った。


ふぅ、危なかった——。

私は、何とか見つかる事なく、教会の建物まで戻って来た。

「ん？」

掌《てのひら》の中の蠢《うごめ》く感覚に、私は自身の手を見た。慌てていたので、ニョルアまで持って来てしまった。そう言えば、地下室にネズミがいたな。こいつを地下室に放しておけば、多少なりとも役に立つだろう。

私は地下の拷問室まで赴き、ニョルアを床に放り投げた。

しかし……。同性同士による恋愛、及びセックスは教義で禁忌《タブー》とされているのだが……。修道女であるあの二人が、それを知らない筈《はず》はあるまいに……。

ふん、まあいい。神父としては、罰を与えてやらなければならないな。楽しませてもらえそうだ——。

第2章　暴かれた汚辱

翌朝、目が覚めても、私《わたし》の頭には昨夜の二人の痴態《ちたい》がこびりついていた。

今夜が楽しみだ。さて、どちらから呼び出したものか――。

私は、そんな事を考えながら、町へ出た。地域に溶け込むには、こまめに顔を見せておいた方が良い。それに獲物を狩るにも……。

「こんにちは、神父様」

「やあ、こんにちは」

道行く町人達《たち》が、私を見ると頭を下げて挨拶《あいさつ》する。彼等《かれら》の目に尊敬の念がこもっている様に思えるのは、あながち欲目ではないだろう。神父というだけで敬意を受けられるのだから、便利なものだ。

歩いている内に、マリーとナックの姿が目に入った。

「おや、ナックさん、マリーさん」

「あ、こんにちは、神父様」

私が声を掛けると、マリーは如何《いか》にも浮き浮きとした様子で挨拶を返してきた。

「いよいよ、明日ですね」

「ハ、ハイ！　いやぁ、僕、今からもう楽しみで」

ナックは、鼻の下を長くしている。

「明日は、どうかよろしくお願いしますね」

「ええ、もちろん。素晴らしい式になるように祈っておきますよ」

私は心にも無い事を口にした。……いや、別の意味で素晴らしい式になるだろうが。

「じゃあ、僕達は、明日の準備で忙しいので」

「では、失礼します」

「ああ、また明日」

幸福がどんなものであったか忘れない様に、今日の内に十分楽しんでおく事だ。幸せが崩壊したとき、マリーはどういう表情を見せてくれるだろうか——。


「いらっしゃいませ～」

道具屋に入るなり迎えてくれたのは、何の翳《かげ》りも無いエミリの笑顔だった。

どうも、彼女の明るさは、私にはそぐわないと思いながらも、つい足が向いてしまったのだ。

「神父さまって、ちょっと変わってらっしゃいますね～」

いきなり、そうきたか。昨日もそうだったが、面白い娘だ。

「…………」

面白い？　私はこの娘との会話を楽しんでいるのか？

いや、違う。そんな事があろう筈《はず》が無い。あってはいけない。これは、獲物を狩るための下見なのだ――。

「あ、ごめんなさ～い。神父さま、怒っちゃいました？」

私の沈黙を、エミリは勘違いしたのか、そう聞いてきた。

「あ、ああ。いや、怒ってないよ。でも、どうしてそう思うんだい？」

「だって、髪を長く伸ばして後ろで束ねてるじゃないですか～」

「……そういえば、そうだな。まあ、確かに変かも知れないな。男で髪を伸ばして束ねるなんて、品の良くない人間のする事だと相場が決まっているからね」

そうなのだ。これは、教会に対する私の反抗心を表している。

それに『品の良くない人間』。私に相応《ふさわ》しいではないか――。

ガキくさい事と解《わか》ってはいるのだが、これだけはどんなに指摘されようとも変える気は無い。

エミリを見ると、相変わらず、満面の笑みを浮かべていた。

昨日といい今日といい、この娘はどうして、こうもニコニコしながら私に嫌な事を思い出させるのか。どうして、私の痛い所を突いてくるのか。

「たまに、町で見かける嫌な連中が、そんな風にしてるけど……」

「じゃあ、私もガラが悪いかね？」

反撃と言うには大げさだが、ちょっとした意地悪のつもりで、私はそう言ってみた。ところが、エミリは臆《おく》する事なく、というより、私の意図に気付きもせずに答えを返した。

「いいえ、ちっとも！　神父さまがしていらっしゃると、なんだか上品に見えるから不思議ですね」

「…………」

変わった娘だ。私は絶句するしかなかった。

「でも、最近、町の中に、その……ガラの悪い人達が増えてきてるんです」

「ふうむ。それは、いけないな。その人達には、いずれ私が神の教えを説いてあげよう。まあ、今日のところは失礼するよ」

このままこの娘と話していると、神経が失調しそうだ。

私は、取りあえず神父らしい事を口にして、道具屋を出て行こうとした。

「頑張《がんば》ってくださいネ！」

出口に向かう私の背中に、エミリのほがらかな声が突き刺さった。


そうこうする内に日は落ち、外は闇《やみ》に包まれていた。

私の足は、町外れに向かっていた。あの風景を見るために……。

わざわざ、嫌な事を思い出させる場所に、何故《なぜ》足が向いたのか——。

その時の私は、自分でもその理由を理解していなかった。

ふと目の前に女性が現れた。昨日会った女性だ。

「……また会いましたね」

「貴方《あなた》は……？」

昨日と違い、その女性は私の問いかけに言葉を返してきた。

「……私は、あの町の教会に赴任して来たルードという者です」

不思議な静けさが、訪れた。彼女は、やはり哀《かな》しげな瞳《ひとみ》をしている。

「……で、貴女《あなた》の名前は何というのです？」

私は、ようやくの事で、それを口に出来た。

「わたくしは……」

彼女は、そこで言い淀《よど》む様に口をつぐみ、微《かす》かに頭を左右に振った。

「名乗る様な名前はありませんわ……」

溜息《ためいき》混じりにそれだけ言うと、彼女は先日と同じ様に森の奥へと消えて行った。

彼女が消えた後も、私の脳裏には、あの憂いを帯びた瞳が焼き付いたままだった。

その瞳が、私の心を波立たせる。

意識の深層に閉じこめておいた空気が、あの瞳を触媒として、ぽかっと意識の表面に浮かび上がってきたかの様に、私の心を波立たせる。

私は、心の表面に出来た漣《さざなみ》を抑える事が出来なかった。

何故？
何故――？
何故――――？

私がようやく気を取り戻す事が出来たのは、教会に帰って暫《しば》くしてからだった。

こんな事をしている場合ではない。お楽しみの時間だ。

「ヨルン」

「はい、何でしょうか、神父様？」

「リディアを呼んで来てくれんか」

私が最初に選んだのは、リディアだった。あの強い鼻っ柱をまずへし折ってやるのだ。

少しして、リディアがやって来た。

「お話というのは何でしょうか？」

「話というのは、他でもない。リディア。君の事なのだが……」

「わたくしの事ですか？」

話が自分に関する事だという事が、予想外だったのだろう。瞬間、リディアは眉《まゆ》をしかめたが、すぐに普段の顔へと戻った。

「……リディア。君は、どうも男性を嫌っている様な印象を受けるんだが。どうだ？」

リディアは困惑の表情を浮かべた後、眉をつり上げた。

「失礼ですけれど、その様な事をお答えしなければならないとは思えません」

可愛《かわい》くない。この強気な娘ならば、アンジェとの事を告げても強引に逃げるかも知れんな。ここは、やはり――。

「ヨルン。お前は、先に行って準備をしておきなさい」

「はい、解りました」

ヨルンは、うやうやしく一礼して姿を消した。彼の行き先は、当然、地下の拷問室だ。

「さて、そろそろ本題に入ろうと思うのだが……。その前に、場所を変えよう」

「…………」

「どうした？　私について来たまえ」

「……解りました」

私は、しぶしぶといった感じのリディアを連れて、目的の場所に向かった。古い階段を降りる音が、やたらと大きく聞こえた。リディアは、相も変わらず冷めた目つきで私を見ている。しかし、もうすぐ、そんなすました表情など、してはいられなくなるのだ。

「……そちらは、開かずの間ですが？」

「来なさい。ここはもう開かずの間ではない」

私は扉の取っ手に手をかけ、ゆっくりとそれを開いた。

「……こ、これは⁉」

さすがのリディアも、部屋に並べられた拷問具を見て血相を変えた。

「……これから、ここで君に罰を与える」

リディアは、踵《きびす》を返そうとしたが、少し遅かった。

——ガチャッ！

背後から音もなく忍び寄ったヨルンが、リディアに手枷《てかせ》をはめたのだ。

一瞬唖然《あぜん》としたリディアだったが、すぐに私達をキッと睨《にら》みつけた。

「これはどういう事ですか」

「どうもこうもない。聞いていなかったのかい？『君に罰を与える』と言ったのだよ」

私はそう言いながら、ヨルンに合図を送った。

——ガチャンッ！ガチャンッ！ガチャンッ！

不気味な音を立てながら、鎖が引かれていった。壁の小さな穴から蛇の様に姿を現している鎖が、リディアの両手首にはめられた手枷へと繋《つな》がっている。その鎖は、ヨルンが壁際の取っ手を回すと同時に、徐々に穴の中へと吸い込まれていく仕掛けになっていた。そして、鎖が吸い込まれるに従って、リディアの躯《からだ》も壁の方へと引き寄せられるのだ。

「……っ⁉　な、何のつもりよ、これは⁉」

丁重だったリディアの口調が一変した。ふん、地が出たか——。

「……さて。リディア、君は、我が教会の修道女だね？」

「それがどうかして？」

「ならば、同性による恋愛を禁じているのも知っている筈だな」

「な、何が言いたいのよ？」

「自分の胸に手を当てて考えてみろ」

リディアは、暫《しば》しの沈黙の後、慇懃《いんぎん》な口調でこう答えた。

「……で、わたくしに、こんな仕打ちをする事と、何の関係があるのでしょうか？」

リディアの冷ややかな視線が、私の目を正面から見据《みす》える。ここまで根性が座っている
とは、大したものだ。もっと追い込む必要がある。

「強がるのもいい加減にしたまえ。君、それに同室のアンジェが、そういった関係にある
のは、すでに判《わか》っているのだ」

「な、何を馬鹿《ばか》なっ！」

否定しようとするリディアに、私は沈黙と酷薄な笑みでもって応《こた》えた。

「……そうよ。確かに私とアンジェは愛しあってるわ」

「ほう、認めたか」

開き直ったリディアは、一気に捲《まく》し立てた。

「だけどね、それがどうだって言うのよ！　好きになるのに、男も女もないわ！　それに

ね、私は男なんて大っ嫌いなのよ！　欲望しか頭に無い、ケダモノだわ！」

「欲望しか頭に無い？　それは、ひどい言い様だな」

「こんな状況で……こんな事しておいて、全然説得力無いわよ」

「これは、罰だと言っただろう？　さぁ、お喋《しゃべ》りはここまでだ」

リディアは、私とヨルンを恐ろしい形相で睨みつけていた。あくまで平静を装おうとしている様だが、微かな瞳の動きが内面の動揺を表している。

背中を壁に押し当て、両手をかかげた体勢になったリディアに、私はゆっくりと近付き、ゆっくりと彼女の躯に手を伸ばした。

「嫌っ！　やめなさい、このケダモノっ！」

リディアの脚が鋭く跳ね上がった。私は、間一髪という所でそれを避けたが、リディアは私が近付こうとする度に蹴《け》りを放った。このままでは、埒《らち》が明かない。

「ヨルン、手伝いなさい」

「は、はい」

私達は、二人がかりでリディアに襲いかかった。

「いやっ！　はなしてっ！」

リディアは、またも脚を跳ね上げようとした。その足首をヨルンが掴《つか》み、足枷をかける。

私はリディアの胸に、おもむろに手を伸ばした。リディアは尚《なお》も逃れようと抵抗するが、躯を捩《よじ》るぐらいしか出来ない。

右の乳房に手を伸ばせば、躯を右にひねる。左に伸ばせば、左へ。意図的に緩慢な動きで手を寄せるので、リディアにとっては簡単に避けられる。

——ガシャガシャ！　ガシャガシャ！　ガシャガシャ！

リディアが私の手から逃げようとするのに合わせて、鎖の音が拷問室に木霊《こだま》した。これは面白い。私は、暫くそうやってリディアをいたぶった。わざと躯に触れずに……。

「はぁ、はぁ、はぁ、はぁ」

私は一旦《いったん》、手の動きを止めた。リディアは呼吸を荒げている。私はヨルンに目配せをした。私とヨルンで、リディアの修道服に手をかける。

——ビリッ！　ビリッ！　ビリッ！

修道服が引き裂かれる音が、拷問室の空気を震わせた。

「きゃっ！」

短い悲鳴を発したものの、リディアは気丈に私を睨み据えている。

「全《まった》く……。気の強さも、そこまで来れば大したものだ」

「こ、こんな事して……許さないわよ……」

「だから、許す、許さないは、こちらが君に対して決める事なんだと言うのに」

「はんっ！　勝手な事を！」

リディアは吐き捨てる様にそう言ったきり、押し黙った。

それならそれでいい。暫く、曝《さら》しモノにしてやるとしよう。自分の恥態を自覚するがいい。

私は無言で、リディアの足元から上に向かって、順に視線を移動させていった。

足元では、白いブーツの上から黒光りする足枷がはめられている。裂けてすだれ状になったスカートの隙間《すきま》から、白いストッキングに包まれた、張りのある艶《つや》やかな太腿《ふともも》が覗《のぞ》く。飾り気のほとんど無いショーツが、リディアの両足の付け根部分を覆い隠している。

私の視線を感じとったのだろう。リディアは、下半身をモジモジさせ始めた。何とか私の視線を避けようとしているのだろうが、無駄《むだ》な事だ。

心なしか、リディアの頬《ほお》が微かに赤く色づいてきた様に見えた。だが、リディアの視線は、真っ直《ます》ぐに私を見つめたまま、彼女自身の躯を見ようとしない。もしかして、自分の裸体が曝されているという事実から目を逸《そ》らしているのか。だとしても、代わりに私が存分に鑑賞してやるだけだ。

「そ、そんな目で見ないで！　汚らわしい！」

耐えきれなくなったのか、リディアが沈黙を破った。が、リディアの言葉に、耳を貸すつもりは毛頭無い。私は、絡みつかせた視線を一層上へと移動させた。

修道衣の胸の部分の布地が裂け、内側に隠されていた膨らみが露《あら》わになっていた。掌《てのひら》に少し余るぐらいの膨らみだ。その膨らみの中心に、赤みがかったピンクの乳輪がある。膨らみの頂の部分は、ちょこんと突起していた。

リディアは怒りに震えていた。震えが伝わって微かに揺れる形の良い胸を視線で犯す。

「………っ」

下唇を噛《か》みながら、私の視線に耐えるリディア。私は堪《たま》らず、胸の双丘に手を伸ばした。

「触らないで。変な事したら、ただでは済まさないわよ」

そう言うリディアに構わず、私は胸の膨らみを掴んだ。掌を動かすと、その動きに合わせて、双丘がたわむ。私は双丘をたわませながら、中心にある敏感な突起を指で転がした。

言葉では拒否しているのに、ちょこんとしていた突起が、固くなりながら更に飛び出してくる。私は、固く飛び出した部分を指で摘《つま》み上げ、一層の刺激を与えた。

だが、リディアの様子は変わらなかった。下唇を噛んで耐え続けてはいるが、その表情に快楽の色は見られない。

「……何故だ？」

「何が？」

「何故、それ程までに男を嫌うんだ？」

「そ、それは……」

リディアの顔が、苦渋に満ちた。私は追い討ちをかける。

「男性経験は？」

「そ……そんなの貴方には関係無いでしょう！」

「ほ～う、あくまで強情を張るつもりか……。なら、力ずくでも……」

と、その時だった。視界の端で、緑色の長いモノがうねった事に、私は気付いた。私は部屋の隅へ向かい、そこにいたモノを捕まえた。リディアの元に戻り、私はそれを彼女の鼻先に突きつける。

「はっ！　ニョ、ニョルア！」

私の手に掴まれて、蛇の様にウネウネと動くニョルアを見て、リディアが顔を引きつらせた。

「なぁに、君があまりに強情なんで、彼にも手伝ってもらおうかと思ってね。どうした、そんなに顔を強《こわ》ばらせて。ニョルアは嫌いかね？　ほうら、良く見ると可愛いものだよ」

「そ……そんなもので、何しようっていうのよ！」

「こうするんだよ」

私はニョルアを手にしたまま、リディアの足元に屈《かが》み込んだ。リディアのすだれ状になった修道服の下半身を剥《む》く。ついでとばかりに、リディアの腹部に残った布きれをも取り去る。修道服の残った部分は、袖《そで》の所だけだ。

これでリディアの躯を包む物は、僅《わず》かに残った修道服の残骸《ざんがい》と、ストッキングとショーツだけとなった。

私は、リディアの中心部にニョルアを寄せていった。

「ま、まさか……っ！」

リディアは腰を引こうとした。ヨルンに命じて、リディアの腰を抑えさせる。リディアは身動きすら出来ない。私は、リディアの下着の裾《すそ》、中心部に近い位置を持ち上げた。出来た隙間にニョルアの頭を差し込む。

「な、何！　やめてっ！」

ニョルアの動きを抑え付けようと、リディアは懸命に太腿をすり合わせるが、上手《うま》くいく筈が無い。リディアの瞳に涙が溜《た》まっていた。気の強いリディアが、目に涙を浮かべながら必死に腰を振っている姿は、私の加虐心に拍車をかけた。

私は、ニョルアを持つ手に力を込めた。自然、痛がるニョルアは逃げ道を探す事になる。ニョルアの侵入を防ごうとしてリディアが動く度に、剥き出された乳房が揺れに揺れた。

「い、いやっ、いやぁっ、いやあぁ、いやぁぁぁぁーーーっ」

ニョルアは、まだほとんど濡れていないであろうリディアの肉道に、頭から入って行った様だ。目一杯、奥まで入り込んだニョルアが、グイグイと頭を動かすのが手に伝わってきた。

「きゃぁぁぁーっ！　あ、あう、あぅぁぁぁぁーーーーっ！」

リディアの絶叫が地下室に反響し、語尾がマンドリンの弦《げん》の様にビィィィ～ンと響いた。

「どうだ？　話す気になったか？」

「だ、誰《だれ》が、あんた…なん……っ！」

リディアの言葉が途中で途切れた。私がニョルアに爪《つめ》を立てたのだ。ニョルアがリディアの中で暴れたに違いない。

「どうだね、感想は？」

「うぅ～っ……んぅ、ぐ……っ！」

「恥ずかしい所の行き止まりまで深く、こんなモノを咥《くわ》え込んで、その感想はどうか？と聞いとるんだが」

私は、ことさら羞恥《しゅうち》を煽《あお》る様な言葉をリディアに発した。リディアの顔にさっと朱が射す。リディアは、悔しそうに目を伏せた。勝ち気なこの娘が目を逸らしたのだ。かなり辛《つら》い様だ。

突然、ニョルアが後退し始めた。ニョルアを持つ手の力が、いつの間にか緩んでいた様だ。慌てて、手に力を入れる。すると、ニョルアは再び前進し出した。

力を緩めると戻り、力を加えると入っていく。丁度、リディアの肉の道をピストン運動する様な動きをニョルアは見せた。

「あっ！　そんなっ、んくっ！」

リディアの声に、僅かに切ないものが混ざり始めた。ニョルアを何度も往復させる内、次第にヌラヌラとした粘液がニョルアの胴体に絡み付き出す。

「んっ……はあぁ……くふぅ……っ」

リディアはこみ上げてくる快感を必死に抑えようとしているが、彼女の股間《こかん》からはヌルヌルとした粘液が溢《あふ》れ、太腿まで垂《た》れていた。

「全く君には失望したよ。同性ばかりか、こんなモノを相手にしても感じるとは」

リディアの頬に屈辱の涙が伝った。それでもリディアは、甘い声を抑える事は出来ない。

その時、ニョルアの動きが止まった。私の手の中でグッタリとなっている。どうやら、窒息でもしたのだろう。

「このままでは、ニョルアは死ぬな。もしそうなったとしても、それは神のための聖なる死だ。神の使徒たるリディアの罪を贖《あがな》うための死だからな。その時には、せめてこのまま、挿《い》れたままにしておいてやろう」

「い、言うわっ！　言うから……抜いてえっ！　……早くっ！」

リディアが堕《お》ちた瞬間だった。私は、リディアの肉道からニョルアを引きずりだし、床に放り投げた。

「あれは私が、この町に引っ越して来る前……そう、ちょうど五年前だったわ。その日は、用事で帰るのが遅くなって……。ちょっと近道しようと、裏路地を……。そしたら……」

リディアの汚辱に満ちた懺悔《ざんげ》が始まった。

＊

当時、リディアは、まだ年端もいかない少女と言って良い年齢だった。

とはいえ、小振りながらも、服の上からでもそれと判る胸の丸みや、まだ小さいが女である事を主張するかの様に張り出した腰は、男をそそるには充分だった。

腰まである長い髪を結わえた、黄色いリボンがとてもキュートだ。スラリとした脚を強調する短いスカートが欲情を煽る。

裏路地を歩いていたそんなリディアは、四人のチンピラに囲まれてしまった。チンピラは一斉にリディアに襲いかかる。

「いやぁーっ！　は、はなしてぇーっ！」

リディアは大声を上げ、力の限り抵抗した。しかし、四人の男を相手にするには、少女は余りに無力だった。

「そんなに声を出しても、誰もこんな所に来ないさ。おい、そっち！　足抑えてろよ！」

「ハイハイ、おとなしくしましょうねー」

「へっへへへ……。ダメだよなあ。こんな所を、こんな時間に一人でウロウロしちゃあ」

「そうそう、だからこんな目に遭《あ》うんだぜ」

チンピラの一人一人が、好き勝手言いながら、リディアの四肢《しし》、各々《おのおの》を抑えつける。

その中の一人の手がリディアのシャツに伸びて来た。ボタンが飛び散り、リディアのシャツは虚《むな》しく引き裂かれた。

リディアの、発育途上にある胸の蕾《つぼみ》が露わになった。

掌に充分収まるぐらいの大きさだ。乳輪もまだ薄桃色で、しかも外周に近付くにつれ、その色が淡くなっており、肌との境目が曖昧《あいまい》なくらいだ。乳首はほとんど突起しておらず、むしろ陥没気味で、乳輪との境目が、これも曖昧であった。

「いやぁーっ！　つぅっ！」

チンピラの一人がリディアの片方の乳房を鷲掴《わしづか》みにした。まだまだ固さの残る乳房だ。

リディアの乳房に痛みが走った。そのチンピラは、リディアの胸を揉《も》みながら、乳首を刺激してくる。別の誰かが、もう一方の乳房にむしゃぶりついてきた。大きく口を開き、乳房全体を口に含む様にしながら、乳首の先を舌先でつついてくる。

リディアの乳首が、反射的に勃起《ぼっき》してきた。固くなった乳首は、ただでさえ薄い色素が拡散して、白くなっていく。痛々しいまでのしこり様だった。

「いひひ。可愛い顔してて、乳首はちゃんと勃《た》つんだ」

その様子を見ていた、また別の男がリディアの腰を浮かしてきた。

「ひぃぃーっ！　それだけは、許してぇーっ！」

リディアの願いなど、聞き入れられよう筈が無い。リディアのショーツは引き下げられた。ショーツを片脚に引っかけたまま、大きく開脚させられる。

リディアの薔薇《ばら》の蕾が丸見えになった。

ぴったりと閉じた未発達な花弁は、未《いま》だ肌の他の部分と同じ色をしている。生《は》え揃《そろ》っていない陰毛は、亀裂が透けて見えるぐらい儚《はかな》げだ。曝け出されたリディアの薔薇の蕾を夜風が嬲《なぶ》っていった。

「いや、いや、こんなのいやぁーっ！　ひあぁぁぁーっ！」

その男が、リディアの最も敏感な釦《ボタン》を大切に包んでいる皮を捲った。剥き出しになった一斤染《いっこんぞ》めの釦を乱暴に苛《さいな》んだ。一斤染めの釦は充血し、純白に輝く。

「うへへ。キレイなオマ○コじゃないか」

「早くしろよ。後がつかえてんだから」

「分かったよ。ほーら、挿れちゃうよーん」

股間の蕾を弄《もてあそ》んでいた男が、リディアの腰を抱え込んだ。そのまま腰を押し進めていく。

「やっ！　や、や……やめてっ！　いやぁぁぁぁぁぁーーっ！」

男の肉茎がリディアの蕾を掻《か》き分けていった。肉傘の部分までがリディアの中に収まる。

「濡れてないからキツイな。この！　力抜けって！　くっ、こうなりゃ一気に……」

肉茎は乾いたままのリディアの襞《ひだ》をこじ開けていった。途中にあった粘膜障壁も、容赦無く破られる。

「そらよ！」

リディアの薔薇は手折られた。

「あぐっ⁉　かっ……はっ……ぃ、い、痛いーっ！」

「おおっ！　ちくしょう、こりゃぁ初モノじゃねーか、ラッキー！」

「何？　惜しい事をしたぜ」

「文句言うんじゃねぇ、じゃんけんで負けるのが悪いんだよ。てなわけで、エンリョなくヤラせてもらうぜ！　オラ、オラ！」

男の抽送《ちゅうそう》は、最初から熾烈《しれつ》を極めた。男の腰の動きに合わせて、片脚に引っ掛かったままのリディアのショーツも激しく揺れる。

男の肉茎は、リディアの破瓜《はか》の血にまみれていた。肉茎が入ると花弁も一緒に巻き込まれ、肉茎が出ると巻き込まれた花弁が不自然に捲れ上がる。

仮借無い出し挿れに、ついには、肉扉《にくひ》の端が切れてしまった。男の肉茎が、益々《ますます》血にまみれる。

「ぐっ！　ぎっ！　い、痛いっ！　痛いっ！　痛……あ、あぷっ！」

リディアは、喪失の痛みを口にし続ける事が許されなかった。別の男の陰茎が、リディアの口を蹂躙《じゅうりん》したのだ。斜めから奥まで突っ込まれたので、リディアの頬が陰茎の形そのままの膨らみを見せた。

「へへへっ、歯ァ立てるなよ。おら、もっと舌使え！」

「むぐっ！　んっ、むぅぅーーっ！」

手足を抑えつけられ、剛棒で肉襞を擦《こす》られ、別の剛棒を頬粘膜に突き立てられる。

リディアは、されるがままだった。リディアに許されるのは、涙を流す事ぐらいだった。

「へへへッ、見ろよ、コイツの顔。涙流す程、キモチイイってかぁ？」

その言葉に続いて、男達の下卑た笑い声が響く。リディアの涙をすら、男達は嬲りの対象にした。

リディアの肉襞を擦り立てている男の腰の動きが速くなってきた。

男は短く呻《うめ》くと、リディアの中から肉茎を引き抜いた。男の肉茎が断続的にひくつく。

その度に肉茎の先端から精液が間歇的《かんけつてき》に発射され、リディアの乳房を、腹を、そしてデルタ地帯を汚していった。

一分も経《た》たない内に、口の中のモノが脈打った。リディアの口内全体が、生臭《なまぐさ》いドロリとしたもので満たされた。

「けほっ！　けほっ！　けほっ！」

「ほうら、全部飲むんだよ」

男が咳《せ》き込《こ》むリディアの口を塞《ふさ》いだ。リディアの白く幼気《いたいけ》な喉《のど》が二度、三度鳴る。飲み切れなかった男の精液が、ツーッと一筋、リディアの唇の端を伝っていった。

「痛いっ！」

別の男が、リディアの肉襞内に侵入してきた。

「痛いっ！　痛いっ！　んごうっ、んぐぅっ！」

外に出されたので、襞内はぬかるんでなく、リディアは再び痛みの悲鳴を上げようとした。が、またもや、それもままならなかった。他の男の肉茎を再び口内にぶち込まれたのだ。

リディアの膣内《ちつない》は、乾ききったままだった。本来なら、防衛本能として、最小限分泌される筈の淫液《いんえき》すら、嫌悪と恐怖のため分泌されない。リディアは、二度目も同じ痛みを味わう結果となった。

二人目の男は、リディアの膣中に獣欲の塊を放出した。

口腔《こうこう》蹂躙していう男は、口内から肉茎を引き出す。男の肉茎から飛び出した白い液体は、リディアの口を目を鼻を、いや顔全体を、更に髪の毛まで穢《けが》していった。

グッタリとなったリディアの肉襞内から、放たれたばかりの男の精液が逆流してきた。白い液が泡立ちながらドロドロと噴き零《こぼ》れ、リディアの内腿を伝い地面にまで滴った。リディアの花園を汚す白濁汁を拭《ぬぐ》う事無く、次の男が覆い被《かぶ》さってきた。こうして男達は、リディアの上の口と下の口を、容赦無く凌辱《りょうじょく》し尽くした。男達が去った後、リディアは、躯中精液まみれになっていた。リディアの躯は、月光に照らされ、浮かび上がっていた。躯にこびりついた精液は、月光を反射し、くすんだ光を放った。

わたしは、無理矢理、躯を汚された……。

*

「何度もわたしは犯された……。そう、何度も何度も……」

リディアの悲惨な過去を聞いても、私は顔色ひとつ変える事をしなかった。いや、出来なかったと言った方が正確だろうか。同情するどころか、私の嗜虐心《しぎゃくしん》を煽る結果となったに過ぎない。

「なるほど。では今から君をその時と同じ状況にしてやろう」

「なっ⁉」

「今から、ヨルンと二人でレイプしてやろうと言っているんだよ。毒をもって毒を制す。その時と同じ状況になった上で、それを乗り越える事が出来れば、君の心の傷も癒《い》えるだろうさ」

「そ、そんな……勝手な事を……っ！」

そう。勝手なのだ。何だかんだ言っても、私は、ただ犯《や》りたいだけなのだからな——。

私はリディアの手枷の鎖を少し緩めた。ニョルア責めで下半身に力が入らなくなっているのだろう。リディアは、崩れ落ちる様にその場に座り込んだ。だが、手枷の鎖を緩めきった訳ではないので、手はバンザイした姿勢のままだ。

ヨルンが修道士服を脱ぎ捨てた。この金髪碧眼《へきがん》の青年は、私より一回り程小柄ながらも、モノだけはやたらと大きい。ヨルンは自分の屹立《きつりつ》したモノでリディアの口唇を掻き分けていった。

「んむ……ちゅぷ……ちゅ、ちゅぷ……」

リディアが口唇奉仕をし始めた。無理からぬ事だが、あまり気がこもってないのが、私から見ても解る。

私はリディアの背後に回り、腰を持ち上げ、膝を立てた姿勢をとらせた。尻《しり》たぶを左右に押し開く。前傾姿勢になっているので、花苑が丸見えだ。ニョルア責めの余韻か、リディアの中心部は淫液でテカテカとぬめっていた。自らの淫液で濡れた陰毛がベチョリと会陰部に張り付いている様《さま》が、堪らなく猥褻《わいせつ》だ。

私は、リディアの淫核《いんかく》を包む皮を剥いた。生の淫核を指先で擦り上げる。リディアの淫核は、しこってきた。同時に、花芯《かしん》から粘液が溢れてくる。

「くぅはっ！　あぅ……あはぁ～……っ」

リディアの口がヨルンの巨砲から離れた。

私が淫核を押さえたり摘んだりする度に、リディアは甘美な声を上げている。いや、上がってしまうと言うべきか。

「こら、ヨルンのチ○ポから口を離すんじゃない」

「ゆ、許さないんだから……」

そう言いながらも、リディアはヨルンのペニスを再び口に含んだ。粘っこくていやらしい音が、再び鳴り始める。

リディアの花弁が、だんだん開いてきた。指を挿《さ》し入れるとキュウッと収縮する。リディアの躯はすっかり肉欲の虜《とりこ》となり、男を受け入れたがっているのは明らかだった。それは、私の指に絡みついて離さない襞の感触から解る。しかし、精神の昂揚《こうよう》は、レイプによって負った心の傷によって、押し込められているのかも知れない。

かわいそうな女だ……私が何もかも忘れさせてやる――。

「どうだい？」

私はヨルンに尋ねてみた。

「そうですねぇ。まあまあってところですね」

「……だ、そうだ。今度はうまく、やってやれよ！」

私はそう言うと同時に、いきなり後ろからリディアにペニスを突き立てた。

――パシンッ！

肉と肉がぶつかり合う音が、大きく響いた。勢いでリディアは前のめりになり、ヨルンのペニスをより深く咥える形になる。

私は遠慮無く、肉柱を花芯に打ちつけた。その度にヨルンのペニスは、リディアの口の中を出たり入ったりする。肉柱を打ち込むと、ジュッパッとばかりにリディアの愛液が飛沫《しぶき》となって飛び散り、互いの淫毛をベッショリと濡らす。それは淫毛だけにとどまらず、私の腰や太腿までをも濡らしていった。

「あぐぅっ！　ふぐぅっ！　ふぐあぁぅっ！」

ヨルンのペニスを咥えたまま、リディアはくぐもった歓喜の声を上げた。リディアはもう、肉欲のままに悦楽を貪《むさぼ》っている様に見える。

それでいいんだ……そのまま、自分の欲望に素直になればいい――。

私は打ち込みの速度を速めた。リディアの尻が波打ち、乳房が大きく揺れる。そして、ヨルンのペニスの口内抽送も激しくなった。

「くぅ……し、神父様ぁ〜！」

ヨルンが情けない声を上げた。

「かまわん、ヨルン。たっぷりと浴びせてやれ」

ヨルンが、リディアの口からペニスを引き抜きながら発射した。抜いた勢いでペニスが揺れる。揺れるペニスから発射されたザーメンは、リディアの顔中に飛び散った。

「ああっん……あっ……あっあぁ……っ！」

口を解放されたリディアは、髪を振り乱しながら、嬌声《きょうせい》を上げた。

リディアは、押し寄せる愉悦の波に翻弄されるままであった。やがて、リディアの、肉《にく》壺《つぼ》が収縮し出す。

「ああっんっ！　あっ！　あっあぁぁあぁぁぁぁぁぁーーっ！」

私が放出すると同時に、リディアは一際高い声で気を遣《や》った。


それからも、交代しながら、私達はリディアを責めた。リディアは、躯を跳ね上げ、甘い声を上げ、しまいには自分から腰を振り出した。リディアは、肉欲に身を任すばかりだった。

その日の肉宴は、夜遅くまで続いた。

第3章　穢《けが》された花嫁

翌朝は、自然と目が覚めた。昨夜、いい汗をかいたためだろう。

強情だったリディアも、最後には肉欲に身を任せた。

これで少しは変わってくれるといいのだが――。

変わってくれるといい？　私《わたし》は何を考えてるんだ。私は犯《や》れればそれで良い筈《はず》だ。

ふと、私の心にあの女性の姿が過《よ》ぎった。町外れで会った彼女の事だ。

同性愛をネタにリディアを呼び出そうと決めた時、私はあの場所へ行きたくなった。嫌な風景なのに何故《なぜ》だ――。

そして、そこで会った女性の事が気に掛かって仕方無い。何故だ――。

私はそれらの考えを追い出そうとするかの様に、自分の頭を軽く叩《たた》いた。

それより、今日はマリーとナックの結婚式だ。

私は念のため、荷物の中のブツを確認した。

よし、大丈夫。結婚式まで、まだ時間もあるし、町にでも出てみようか――。


町を歩いている内に、一度追い払った考えに再び取り憑《つ》かれた。

町外れの女性の事がどうしても気になる。

そうだ、人が集まる所、例えば道具屋のエミリに聞けば、何か判《わか》るかも知れない。

あの娘と話していると、どうも調子が狂うのだが――。

私は、そんな事を思いながらも、道具屋へ足を向けた。

「あっ！　いらっしゃいませ～」

エミリは、私を見るなり顔をほころばせた。

「あ、そうだ。エミリ。先日、森で女の人を見かけたのだが」

私は、いきなり用件を切り出した。

「あ、その人、ジェシカさんですよ」

「ジェシカ？」

エミリは、少し話を切り出しただけで、森の女性について、どんどん喋《しゃべ》ってくれた。

エミリの話によると、ジェシカは半年程前に引っ越して来たのだと言う。一人で森の中にある小屋に住んでいるそうだ。

「なんでも、あの森に越して来るちょっと前に、旦那《だんな》様を亡くされたそうです」

ふむ、未亡人か――。

私は、心の波の振幅が大きくなっていくのを自覚せざるを得なかった。

「そういえば……。めったに、この町にいらっしゃらないし、買い物に来たのも数える程しかないし。お食事とかは、どうなさっているのかしら……」

エミリは、そこまで話すと、口をつぐみ私の顔をじっと見た。

「ん？　どうした？」

「なんでもありませ～ん」

「では、私は、このへんで、失礼するよ」

これ以上ここにいると、また失調をきたしそうだ。私は出口に向かった。

「ウチの商品をお買い上げ下さいまして、ありがとうございましたぁ～」

出て行く私の背中に、エミリの皮肉が突き刺さった。


教会に戻ったのは、丁度良い時間であった。マリーとナックの結婚式のために続々と人が集まり始めている。

私は一度自室へ引き上げ、持って来た荷物の中から瓶《びん》を取り出した。様々な用意を済ませた後、私は飲み物を持って、マリーのいる控え室に向かった。控え室の扉をノックする。

「どなた？」

中からマリーの可愛《かわい》い声が聞こえてきた。

「私だ、マリー」

「あ、神父様、どうぞお入り下さい」

扉を開けると、花嫁姿のマリーが、緊張した面持ちで座っていた。

薄く透けるヴェール、純白のドレスを身に纏《まと》ったマリーは、一層清楚《せいそ》に見える。滑らかな線を描く露《あら》わになった肩と、白い胸の谷間が眩《まぶ》しかった。

もうすぐ、その全《すべ》てが――。

私は、心の中だけで、冷酷な笑みを作った。

「ほう、これは美しい花嫁だ」

「やだ、そんな事ありませんよぉ。お世辞がお上手なんだから」

マリーは照れてみせたが、まんざらでもない様であった。幸せ一杯という感じだ。

「はぁ～。……でも、こんな日が来るなんて夢みたいです」

「これから貴女《あなた》は、世界一幸せになりますよ。私が保証します」

そう。別の意味で私が保証してやる――。

「ところで、お一人の様ですが、他の人は？」

「ええ、今ちょっと、みんな席を外してしまっていて」

それは好都合だった。どうやって、他の人間を外に出そうかと思案していたのだが、手間が省けた。

「緊張している様ですが、大丈夫ですか？」

「はい、もうドキドキして……」

私は持って来た飲み物を勧めた。このために持って来た飲み物だ。マリーが丁寧に礼を言い、私が手渡したコップを口に運んだ。

紅を引いたマリーの唇の隙間《すきま》に、禁断の液体が流れ落ちていく。コクッコクッとマリーの白い喉《のど》が鳴り、その透明な液体が飲み下されていく様は、もっと別の白く濁った液体を飲むところを連想させせ、いたく私をそそった。

暫《しばら》く経《た》つと、マリーの目が虚《うつ》ろになり始めた。

「あ、あれ……？」

「どうかしましたか？」

「い、いいえ……。何でもありません」

マリーは、左右に軽く頭を振ると、元の笑顔を浮かべた。

「さあ、そろそろ式の時間ですね」

私は、取りあえず、控え室を後にした。

あの薬は、時間が経つ程効いてくる――。


いよいよ、結婚式も終盤に差し掛かろうとしていた。

祭壇《さいだん》の前には、私と向き合う様にして新郎、新婦であるナックとマリーが立っていた。

マリーの瞳《ひとみ》に生気は無く、ときおり躯《からだ》もフラフラ揺れている。立っているのがやっととといった感じだ。

いつまで、そうしていられるやら――。

私はその時を想像しながら、厳粛な面持ちで、教典を片手に言葉を紡いだ。

「汝《なんじ》、ナック。そなたは健《すこ》やかなる時も、病める時も、楽しさを分かち合い、苦しみを乗り越え、新婦マリーと末永くともに生きる事を神の子と精霊の名において誓いますか？」

「はっ、はい！」

「汝、マリー。そなたも同様に、神の子と精霊の名において誓いますか？」

「…………」

マリーは、声を出す事も出来ない程、薬が回っている様であった。もしかしたら、私の声も聞こえていないのかも知れない。私はもう一度、同じ言葉を口にしたが、マリーは黙ったままだった。

「どうしたのです。神への誓いですよ？」

「ぁ……ぅぅ……」

マリーの躯がグラリと揺れた。

――ドサッ！

崩れ落ちるマリーの躯を、ナックが慌てて受け止める。

「ど、どうしました!?」

驚いた様子を装い、私はマリーとナックの元に駆け寄った。あの薬は気を失ってから、数分で効果が切れる様になっている。素早く行動しなければならない。

「……こ、これはっ！」

私は険しい表情を浮かべ、喫驚してみせた。

「悪魔が憑いていますね。これはおそらく、その拒否反応でしょう」

列席者がどよめいた。

「な、何とかならないんですか！」

「何とかと言われても……」

ナックは、藁《わら》にも縋《すが》る目で私を見ている。

「解《わか》りました。やってみましょう。数時間で戻りますので、それまでここにいて下さい」

「じゃ、じゃあ僕も一緒に……」

私は、ついてこようとするナックを押しとどめた。

「駄目《だめ》です。これからマリーさんにとり憑いた魔を祓《はら》うんですから、私とヨルンだけで行います」

「わ、解りました……」

列席者達《たち》も、『神父様にお任せしよう』などと口々に言っている。

はんっ、全《まった》く！　これだから疑う事を知らない連中は……。

時と場合によって、それは罪にすらなるんだ――。

私とヨルンは、気を失っている獲物を抱えて、誰《だれ》にも見られない様に地下へと運び、台座の上に寝かせた。四肢《しし》を手枷《てかせ》、足枷で拘束する。マリーは、台座の上で、大の字で仰向《あおむ》けに寝そべる格好となった。

さて、そろそろ目を覚ます頃《ころ》だ。

「……ん。う……ん……。あ…れ……？」

「お目覚めかな？」

「……わたし？　……何が？」

目覚めたばかりのマリーは、状況がよく飲み込めていない様だ。マリーの視線が宙を彷徨《さまよ》った。自分が倒れた時の事を思い出そうとしているのだろう。しかし、どうしても思い出せない様である。

マリーは、薬のせいで、まだよく動かせない躯を何とか動かそうとした。それに合わせて、鎖が小さな金属音を立てる。

「……こ、これは？　……どうして？　……一体？」

マリーは、何とか身を起こそうとした。そこで初めて、自分を捉《とら》えて離さない手足の枷に気が付いた様だ。

「どうやら混乱しているみたいだね。無理も無い。君は悪魔に取り憑かれているんだ。だから、君からその悪魔を祓ってあげようとしているんだ」

「わ、わたしが!?　そ、そんな……」

「覚えてはいないだろうが、君は式の最中に倒れたのだ。神への誓いの部分でね」

「わ、わたし……どうすれば……」

「心配する事は無い。これから、私とヨルンとで君を清めてあげよう」

「清める……？」

マリーの表情に、不安と困惑が浮かんだ。

「私とヨルンは神の使徒だからな。その使徒の精を使う事によって、君の躯を清めるんだ。ただそのためには、君の躯と私達の躯を繋《つな》ぐ事が絶対に必要なんだ」

「ま、まさか……」

私の言葉の意味を悟った様だ。マリーが激しく頭を左右に振って拒絶を示す。黒髪がヴェールに擦《こす》れ、微《かす》かな音を立てた。

私は服を脱ぎ去り、自らの裸体を曝《さら》した。ヨルンもそれに続く。

「ちょ、ちょっと、神父様⁉」

「大丈夫……。これは君にとって必要な事なんだ……」

私は、既《すで》に屹立《きつりつ》した分身をひくつかせながら、マリーに近寄った。聳《そそ》り勃《た》ったそれは、マリーの目には、さぞやおぞましく映ったであろう。

「そ、そんな……。いやですっ！」

「さあ、皆を待たせているんだ。さっさと儀式を行ってしまおう」

「い、いやぁーっ！」

「暴れても無駄《むだ》だよ。さぁヨルン」

私達はうやうやしく神に祈りを捧げると、マリーの躯に覆い被《かぶ》さった。

ヨルンが、ウェディング・ドレスの背中のホックを外したのだろう。リボンをあしらったドレスの胸元がはだけ、マリーのバストがこぼれ出た。

掌《てのひら》に丁度収まるぐらいのサイズだが、細身の躯なので豊かに見える。バランスのとれた美しい乳房だ。撫子《なでしこ》色の乳輪の天辺には、グミの様な乳首がある。

マリーが身を捩《よじ》る度に、プルプルと震えるその膨らみの上に、ヨルンが両の手を覆い被せた。

「あっ⁉　あ、ゃ、やぁっ！」

ドレスの布地とはまた違った白さを持つ肌——膨らみの輪郭《りんかく》を形取る絹の様な肌は、ヨルンの手の動きによって自在に形を変え続けた。ヨルンは、まるで欲しいオモチャを目の前にした子供の様に目を輝かせながら、マリーの胸を激しく揉《も》みしだいている。

次いでヨルンは、ギュッとマリーの乳房全体を絞り上げた。飛び出したマリーの先端部に、ヨルンはむしゃぶりつく。ヨルンが下品な音を立て始めた。マリーの乳首を吸い上げたり、咥《くわ》え込んでは舌を激しく動かしたりしている様だ。

「あっ……はぁ、はぁ……い、いやっ……いやっ……」

ヨルンは、指で舌で歯で、飽く事なくマリーの乳房を愛撫《あいぶ》し続けた。その愛撫に、マリーは固く目を閉じて耐えている。が、マリーの乳首は、遠慮無くしこってきた。固く尖《とが》って、ツンと上を向いた若々しい乳首は、この上無くいやらしい気分にさせる。

私は、目の前に広がるマリーの躯の最も熱い部分に、ソコを覆う布の上から指を当てた。マリーは、息を飲んで身を固くする。私の指先は、ゆっくりと、しかし強く、ソコを擦りたてた。

「いやぁ……そこは……やめ……」

私は、マリーの肌が羞恥《しゅうち》で震えるのを感じとりながら、そのまま指で責め続けた。ショーツの中心部に、薄々としたシミが出来てくる。

頃合いを見計らって、私は指先をショーツの下に潜り込ませた。

「やっ！　いやっ！　あぁっ！」

ジョリジョリとした淫毛《いんもう》の感覚を手に感じる。そのまま淫裂を探り当て、私はそこに指をめりこませる様にした。めりこませた指を淫裂に沿って中心部まで降ろしていく。中心部に達した指を、内側の柔らかな襞《ひだ》の納まった部分——その入り口付近を絵取《えど》る様に動いていった。

「ひっ！　ひあっ！」

悲鳴を上げて、指先から逃れようとマリーが腰をくねらせる。私は、マリーの腰を抑えつけながら、指先の動きを速くした。

「ほら、だいぶ、ほぐれてきた様じゃないか」

私は、一旦《いったん》ショーツの中の指を抜き、ウエディングドレスの裾《すそ》を完全に捲《めく》り上げた。マリーの秘部を覆っているのは、小さな布きれ一枚だけだ。私は、何も言わず、その薄布の上に舌を当てた。

「……っ！　うっ、うっ、うふぁっ、い、いやっ！」

上へ下へ、私が舌を動かすにつれ、薄い布地越しに、中の肉が押し開かれていった。尖らせた舌先をそこに潜り込ませ、責め立てる。

「いや、ああっ！　あぁーっ！　いやぁぁーっ！」

拒絶のみを含んだマリーの悲鳴が、私の耳を打った。

ああ、嗜虐心《しぎゃくしん》が満たされていく――。

私は、秘肉の間に潜り込ませた舌先を、一層押し込みながらグリグリと回転させた。

「ぐっ！　くぅぅーっ！」

ドレスと同じ純白のショーツが、私の唾液《だえき》を吸って、その向こうにある媚肉《びにく》を、うっすらと透けて見せている。私は、ソコを充分に眺めた後、肌に張り付いた布地の股座《またざ》の部分をずらせた。

「助けてっ！　助けてっ！　ナック！」

「何を言っている。これは君達二人のためにやっている事だぞ。それに、この部屋は扉を閉じてしまうと、外にはほとんど声は漏れないのさ」

マリーの生の聖堂が、私の目の前に曝された。

サーモンピンクをしたマリーの肉唇は、やや大きめだった。大方、ナックと姦《や》りまくっているのだろう。

マリーの肉唇の表面が微かにてかっていた。薄布越しに染み込んだ私の唾液だろうか。

それとも……。

私はそれを確かめようと、揃《そろ》えた人差し指と中指をマリーの聖堂に当てた。この具合からすると、どうやら、まだ秘蜜《ひみつ》は漏れていない様だ。私は、宛《あて》がった指先で入り口付近を振動させた。更に、マリーの秘孔《ひこう》をV字型に開き、指先をツプッとそこに挿《さ》し込む。マリーの膣壁《ちつへき》が優しく指先を包み込むのを感じながら、私は指を根元まで埋め込んだ。

「あぁぁ……はぁ……はっ……ぁ、あぁぁぁ……」

拒絶を表す悲鳴が、徐々に切ない吐息に変わっていきつつあった。

私は、マリーの聖堂に顔を近付けた。伸ばした舌先がピトリと触れた瞬間、鮮やかな花弁が敏感に反応し、ビクリと震える。

マリーは、どうにか舌先から逃れようと腰を揺すった。私はマリーの腰を抑えつけ、花《か》芯《しん》に舌の腹を圧《お》し当てる。そのまま、花芯をグッと舐《な》め上げる。

「くっ……ぅぅ……っ」

マリーは強烈な刺激に耐えようと懸命な様だ。力をこめた舌先で、マリーの肉襞を捲り上げたり圧し当てたりしながら、私は聖堂の隅々まで舐め回した。

「うぅーっ！　うぅっ……くぅっ……あぁっ……」

マリーは、身を捩りながら、必死に声を押し殺していた。私は聖堂の上端の扉の中に隠れている最も敏感なマリア象を拝もうと、扉を開く。マリア様は仄《ほの》かに充血していた。何度も何度も、柔肉全体を舐め回す内に、その奥の方が私の唾液以外のモノで濡れ始め、マリア像は完全に勃起《ぼっき》した。

「あっ⁉　いやぁーっ！　やめてぇーっ！」

受け入れ態勢が整ったのを確認し、私はマリーのショーツを完全に剥《は》ぎ取った。そして、足枷の鎖を緩め、マリーの躯を台座の上に俯《うつぶ》せにする。マリーの聖堂は、全くの無防備だ。

「やめてぇぇぇぇぇーーっ！」

私は、剛直をマリーの秘孔へと一気に捩《ね》じ込んだ。

――ジュプッ！

剛直で押し出されたマリーの中の粘液が、淫《みだ》らな音を立てる。

「いやぁぁぁーーっ！　ナックぅぅぅーーっ！」

繋がった瞬間、マリーは悲痛な声でフィアンセの名を叫んだ。

私はストロークを開始した。ストロークに合わせて、マリーの蜜壺《みつつぼ》が自身の蜜で淫らな音楽を奏でる。

――ジュプッ、ジュパッ、ジュクッ、ジュッパッ、ジュッププッ、ププッ！

蜜壺からよほど粘液が分泌されているのか、派手な音の後に、チナラまでが鳴った。

マリーは、私の動きに合わせて、ただ嗚咽《おえつ》を漏らすだけだった。上半身は完全に突っ伏している。台座と自分の躯に挟まれ押し潰《つぶ》された乳房が、なす術《すべ》も無く凌辱《りょうじょく》されるマリーを、余計に悲惨に見せていた。

「ナックぅっ……ナックぅっ……ナックぅっ……ナックぅっ……」

そして、時折、フィアンセの名を譫言《うわごと》の様に呟《つぶや》く。本当なら今頃は……。

――ジュピッ！

「それにしても素晴らしいモノを持っているじゃないかっ。大方、あの男も、コレで虜《とりこ》にしたのだろう？　なにしろ……ふんっ！」

――チュプッ！

「はっ！　あうっ！」

――チュポッ！

「彼の家は、けっこうな金持ちらしいからな」

――ジュポッ！

私は、ストロークを速めた。今まで以上に、腰を強く、深くスライドさせる。互いの肉がぶつかり合う音がし、衝撃でマリーの躯全体が揺れた。派手な打撃音、湿った粘液音、激しい呼吸に熱い吐息。それらが混じりあって部屋に響き、そのリズムにのって私は腰を叩きつけ続けた。

数え切れない衝撃に、皮膚《ひふ》の感覚が麻痺《まひ》した様な感じを受け始めた頃、私の中の昂《たか》ぶりもいよいよ頂点を迎えようとしていた。

「そ、そろそろイクぞ！」

「はっ！　や、やめてっ！　な、中はだめぇぇぇぇぇぇーーっ！」

「そうか！　はぁはぁ……。解った、外に出してやろう！」

私は蜜壺から剛直を引き抜くと、素早く移動し、マリーの顔面めがけて熱い飛沫《しぶき》を射出した。濁った体液は、純白のヴェールに彩りを添えた。

「うっ、うぅっ、こ、こんなの酷《ひど》い……」

マリーは嗚咽を漏らすばかりだった。私は、そんなマリーに追い討ちを掛けた。

「マリーさん。まだ悪魔祓いは終わっていないのだよ。君の治療には私一人じゃ不充分でね。ヨルンにも手伝ってもらわないと……」

「いやぁ……もう、いやぁ……」

ヨルンは突っ伏したままのマリーに向かって行こうとした。

「おっと、前の穴はやめておきなさい。そっちは私の清めが効いている筈だ。もう一つ、

清めるべき穴があるだろう？　後ろの穴がな」

私の言葉に、マリーは蒼白《そうはく》になった。逃れようとするが、足に力が入らないらしい。すぐにヨルンに抑え込まれてしまう。

ヨルンはマリーに尻《しり》を高く掲げさせると、両の尻たぶを開き菊座を揉みほぐした。薄紫色の窄《すぼ》みに赤みが射してくる。更に、ヨルンは唾液まみれにした指を菊座に馴染《なじ》ませる様にし、窄みにある放射状の皺《しわ》を一本一本丁寧に伸ばしていった。ヨルンは、ツプツプッとばかりに排泄《はいせつ》の窄みに指を突き刺し、ほぐれ具合を確認する。

充分にほぐれているのを確認すると、ヨルンは自らのモノにたっぷりと唾液をまとわりつかせ、台座の上に腰掛けた。マリーを抱え上げ、己の上へと降ろしていく。

「んっ！　ひっ、ぐぅぅぅぅっ！　ぅぅぅぅ……」

ヨルンの剛棒が、ズブリズブリとマリーの排泄器官に埋まっていく。

「あっ……くぅぅ……凄《すご》い締め付けだぁ……」

ヨルンは感極まった声を上げるなり、両手で固定したマリーの躯を下から突き上げた。

「はっ……ぐっ！　ぐほっ！　ぐふっ！　あぐっ！」

マリーの口から、苦痛に震える声が吐き出された。どうやら、アナルは初めての様だ。涙と涎《よだれ》で顔をぐしゃぐしゃにして髪を振り乱すマリーなどお構いなしに、ヨルンがガクガクと腰を動かし続ける。

「ぎっ！　んぐっ！　んぎっ！　んばあぁぁぁっ！」

ヨルンが最後のスパートに入った様だ。マリーの口から断末魔を思わせる絶叫が迸《ほとばし》った。

ヨルンが躯を震わせると、グッタリとなった。ヨルンの両手の縛《いまし》めから解放されたマリーは、バサリと台座に倒れ込んだ。

「ようし。これで悪魔は祓われたってわけだ。さあ、式の続きをするぞ」

私がそう言いながら、マリーを見ると呼吸を荒げたままだった。

「どうだ？　大丈夫か？」

マリーに言葉は無かった。

マリーの瞳は闇《やみ》で覆われていた。悲しみと絶望という名の闇で……。

「もう大丈夫だ。さあ、式に戻るぞ」

唇を噛《か》んで立ち上がったマリーが、何かを探す様に床を見回した。マリーが何を探しているのか解っている。彼女の下半身は今、ドレスの内側で剥《む》き出しの状態なのだ。それに、ヨルンが彼女の中に吐きだした液体は、そのままにしてある。立ち上がった拍子に、それが後ろの穴から溢《あふ》れ出しているに違いない。

「君の下着かね？　アレはベトベトでもう使えそうになかったから、捨てたよ」

「だったら、せめて何か拭《ふ》く物を……」

「駄目だな。そのままで式の続きをするんだ。まあ、ヴェールだけは新しいのを用意してやる」

「そっ、そんな……」

「我慢してみせろ。……もっとも、この後すぐ夫となる者に、ばらされてもいいのなら話は別だが？」

マリーの悲しみと絶望の闇が深くなる中、結婚式は再開された。

マリーとの事を心の中で反芻《はんすう》している内に、どっぷりと日が暮れてしまった。結婚式が終わった時はまだ日は高かったのに、何時《いつ》の間にやら時間が過ぎていった様だ。

私は、町外れの森に向かった。やはり、どうしても行きたくなってしまう。

その途中での事だった。

「きゃーっ！」

女の悲鳴が聞こえてきた。路地裏の方だ。

覗《のぞ》いて見ると、エミリが二人の男に、壁ぎわへと追いつめられていた。どうやら、店で言っていたガラの悪い連中に引っかかったらしい。エミリの顔には、いつもの様な笑顔がなかった。が、ああいう怯《おび》えた表情には、そそられるものがある。

私は暫く様子を見る事にした。

「へっへへへ。おとなしくしろよ。子猫ちゃぁん」

「痛い目にあいたくないだろ？」

「そうそう。まぁ、一カ所だけヒリヒリして痛いかも知れんがなぁ。へへっ」

男達が薄ら笑いを浮かべながらエミリに近寄った。欲望むき出しの下品極まりない笑みだ。エミリの顔に、明かな怯えの影が射す。

男の一人がエミリを後ろから羽交い締めにした。気丈にも、エミリは脚をバタつかせて抵抗するが、男の力にはかなわない。

エミリの短いスカートが、もう一人の男の手で引き下ろされてしまった。眩《まばゆ》い白さの下着が、丸見えになる。

「……ひっ！」

エミリの意識が、思わずそこにいってしまったのだろう。エミリは羽交い締めにしていた男に引き倒されてしまった。

「おい、早く脱がせろ！」

「お、おう！」

エミリの下着が剥かれた。私の位置からでは、大切な場所は見えないのが残念だ。だが、むちむちとした太腿《ふともも》は、たいそう魅惑的であった。

「助けてぇーっ！　だれかぁーっ！」

男の一人が、エミリを開脚させた。おそらくは濡れていない花園に、男は自分の唾液をなすりつけている。

「いやぁーっ！　やめてぇーっ！」

と、次の瞬間、エミリの絶叫が止んだ。

「……つぅっ、痛っ！」

見ると、男の手がエミリの股間《こかん》に隠れている。

「うへぇ、指がきついぜ。この締め付け具合、こりゃあ、初めてだな、お前」

何！　初めてだって！

一瞬、彼女の笑顔が脳裏に浮かんだ。

あの笑顔を見る時……唯一、私をホッとさせる瞬間……。

もしかして、私はあの笑顔を失いたくないのか？

ふっ、何を馬鹿《ばか》な――。

私は、頭を左右に二、三度振って、その考えを打ち消した。

あの娘には、前から目をつけていた。ただそれだけの事さ――。

男の腰がエミリの開いた脚の間に、割って入った。

「いやぁーっ！　それだけは、いやぁーっ！」

そろそろ、潮時だ。私は、おもむろに男達に近づいて行った。

「ちょっと君達」

男達の注意が私に集まった。

「し、神父さま！」

エミリは、涙でグシュグシュになった顔を私に向ける。

「どうやら、貴方達《あなた》には、たっぷりと神の教えを説く必要がある様ですね」

我ながら、歯が浮きそうな科白《せりふ》だった。私は心中で苦笑を噛み殺していた。

「ええい、やっちまえ！」

男達が私に襲いかかってきた。一人目の男が放った拳《こぶし》を右に避け、カウンターで私の拳を顔面に叩き込んだ。男が呻《うめ》きながら、しゃがみ込む。しかし、背後からきたもう一人の男の拳が私を捕らえた。僅《わず》かによろめくが、すぐに態勢を立て直す。

「ほれ！　もう一丁！」

調子づいたその男は、もう一発の拳を放ってきた。間一髪、いや、間半髪で、私はそれをかわした。

「調子に乗るな、このガキが！」

私は言葉を荒げるなり、脚を大きく振り上げた。男はそれを難無くよける。

ふんっ。計算通りだ——。

私は振り上げた脚を男に向けて落とした。踵落《かかとお》としは、見事なまでに男の側頭部を直撃する。その男は、私の前に跪《ひざまず》く事を余儀なくされた。

「くそっ！」

「に、逃げろっ！」

男達が、バタバタと逃げて行った。私は、彼等《かれら》の後ろ姿に一瞥《いちべつ》をくれながら、服の埃《ほこり》を払った。

「フン、もう終わりか。つまらん」

私は、つい思った事をそのまま口にしてしまった。

いかん。思わず地が出てしまった――。

私は、いつもの慈悲深い神父の仮面を顔に張り付けると、エミリの方へ向き直った。

「エミリ、大丈夫かね？」

エミリは、ハッとした様子で、剥き出しになっている下半身を隠した。耳まで真っ赤にしている。

エミリは慌ただしくスカートだけはくと、礼も言わずその場から走り去ってしまった。

道には、エミリの下着が取り残されていた。

途中、思わぬ運動をする羽目になったが、とにかく森に着いた。

それにしても、この町に来てから、どうも調子が狂っている――。

リディアやマリーを凌辱している時、瞬間浮かんだこの景色――。

エミリを助けた時、瞬間浮かんだエミリの笑顔——。

そして、私の心から離れない、この森に住む女性ジェシカ——。

暫く私は、森を見つめていた。

ふと、私の視界に、森の闇に佇《たたず》む女性の姿が映った。その女性はチラリと私の方を見た後、いつもの様に私に背を向けた。

「ちょっと、待って！」

私が慌て気味に声を掛けると、彼女は立ち止まり、ゆっくりと振り返った。深憂《しんゆう》な眼差《まなざ》しで、私を見つめる。

私の意識の表面に、波濤《はとう》が立った。何とか、それを抑えつけ、言葉を続ける。

「……ジェシカさん……ですね」

「神父様……でしたかしら？　……何故、わたくしの名前を？」

「……いや、失礼かと思いましたが、町で貴女の話を聞いたのです」

「わたくしに、あまり構わないで下さい……」

ジェシカはそう言うと、夜の闇に溶けていった。

私の中で、波を抑えつけていたものが取れた。反発した波は激浪《げきろう》となり、私の心を乱す。

ジェシカは私と同じ瞳をしている——。

ジェシカは私と同じ匂《にお》いを持っている——。

第4章　恥辱の生肉棒

「あ、あ…のぉ……」

朝方、修道院前を通りがかるとアンジェと会った。

珍しくアンジェの方から声を掛けてきた。いつもの様に消え入りそうな声だ。何か言いたそうな目で私《わたし》に訴えかけている。

「おはようアンジェ」

「………………」

アンジェは、私が挨拶《あいさつ》しても、ビクビクとした様子で黙ったままだった。

「ん、どうしたんだい？」

私は、『これ以上は無い程の優しい笑顔』という仮面を張り付け、アンジェに微笑《ほほえ》みかけた。

「あ、あのぉ……」

アンジェは、そのまま暫《しば》く考えた後、決心した様子で口を開いた。

「あのっ……リディア様の様子が……。その……おかしいんです」

「ほう？」

さもあろう。あれだけの事をされたのだから、何らかの変化が見られて当然だ。

初体験が輪姦《りんかん》だったとは、悲惨な事だ。とはいえ、今のリディアはあまりに歪《ゆが》み過ぎている。良い方向に変化してくれればいいのだが——。

はっ⁉　私とした事がまたしても何を考えているんだ――。

そう。私は地位を、立場を利用して、女を凌辱《りょうじょく》するだけ……。

私は、色々思いを巡らせて、沈黙してしまった。

アンジェは、私に何か心あたりがあると思ったのだろう（まあ、実際あるのだが）。そんな私を見て、アンジェは言った。

「そ、それがその……。神父様に呼ばれて行った後から……なんですが……」

「……ふむ」

さて、どうしようか……？　そうだな、今度はこの娘をいただくとするか――。

「実は……その事で大切な話があるのだが……」

私は、暫く考え込むふりをしてから、重々しい口調でそう言った。

「な、何ですか？」

アンジェの様子がオドオドとし出した。如何《いか》にも、不安がっている様子だ。

「今夜、一人で教会の祭壇《さいだん》に来てくれないか？」

「ひ、一人で……ですか……」

アンジェは、何とも心細そうな声でそう言った。おそらく、これまで何をするにつけてもリディアが一緒だったのだろう。

「リディアには知られたくない話があるのだよ」

それでも、アンジェは『困ったなあ』といった顔をしている。私は、アンジェの不安を拭《ぬぐ》うために、こうつけ加えた。

「それが、リディアのためにもなるのだよ」

「……解《わか》りました」

数瞬の沈黙の後、アンジェがそう言った。

「そうか。では、今夜、待っている」

「……はい、失礼します」

ふふっ、あの小動物の様に気弱でいつも怯《おび》えている娘をどういたぶってやろうか——。


私は、町に出かけた。何も予定が無い日は、昼間に町に出て、町の住民達《たち》と交流を深めるのが日課になっている。とはいえ、予定などほとんど無いのだが……。

小さな町の神父なんて、お気楽でおいしい仕事だ。

「あ、あの……神父様……」

と、町の人が話しかけてきた。

「何か？」

「あのナックさんの嫁さんは……」

「ああ、何も心配ありません。まだ治療は必要ですが、もう大丈夫ですよ」

治療か……。物は言い様だな。ま、確かにある種の治療には違いない。太い注射を何本もするのだから——。

「そ、そうですか。良かった」

気付くと、いつの間にか集まって来た数人の町人が、『神父様にまかせておけば大丈夫』だの『さすが、神父様』だの、口々に言っている。

私が仕組んだあの事件のおかげで、この町での私の信用が上がったわけだ。新妻のマリーの躯《からだ》を頂いた上、一石二鳥とはこの事だ。

これで、大手を振ってマリーの『治療』が出来る——。

住民と交流しながら町を歩いていると、一日が経《た》つのは早い。いつの間にやら、日が暮れていた。もっとも、交流といっても、聖職者というマスカレードをしてのものだが。

だが、アンジェとの約束の時間まで、まだ間がある。

私は、町外れの森に向かった。どうしても、ここに来てしまう。今からアンジェを辱《はずかし》めると思うと尚更《なおさら》だった。

それに、私と同じ瞳《ひとみ》、同じ匂《にお》いを持ったあの女性、ジェシカ——。

どう考えても、この町に来てからの私は、どうかしている——。

——パシャ……。

ん？　何だ？

何かの音が聞こえた。耳を澄ましてみる。

――チャプ……。

水の音だった。微《かす》かにだが、確かに聞こえる。

こんな時間に……？

私は、行ってみる事にした。

そっと、音を立てない様に、水音のする方に近づいて行く。

森の木々の間を少し抜けて行った所で私は足を止めた。

そこには、澄んだ水を湛《たた》えた泉があった。泉は、月の光を映して、ぼんやりと光っている。そして……。

その泉の中に、ひときわ輝く白い肌が浮かんでいた。

あれは……ジェシカだ……。こんな時間に、沐浴《もくよく》とは――。

半瞬で、私はジェシカの姿態に魅せられてしまった。

闇《やみ》に浮かぶ白い肌……。

そして、その肌全体を泉の水滴が、キラキラ光る粒となって飾りたてている。

美しい……。それに、神秘的だ……。

それは、思わず引き込まれそうな光景だった。

ゆらゆら揺れる水面が照らす光のせいか、ジェシカはその瞳を一層潤ませている様に見える。気持ちよさそうに、静かに水をその躯にかけるジェシカ。

ジェシカの手から流れ落ちた水は、肩口から二手に分かれ、背中へと落ちた水滴はくびれた腰から張りだしたヒップへと流れていった。

胸へと流れたものは、大きく膨らんだ乳房やその谷間から、スッと縦に割れたへその窪《くぼ》みを経て、さらにその下の柔らかそうな両太腿《ふともも》の付け根の間へと、まるで滑らかな曲線を強調するかの様に光の跡を引きながら流れ落ちていくのだ。

惹《ひ》かれてしまう。本当に美しい――。

――ガサッ！

しまった。見とれ過ぎた様だ。

思わず伸ばした手が、木の枝を微かに揺らしてしまった。普段なら大した事のない音でも、夜の静けさのために、はっきりとした音となって響く。

「だ、誰《だれ》!?」

ジェシカが声を上げた。

私は、後ろ髪を引かれる思いで退散した。

偶然、ジェシカが沐浴している所に居合わせただけで、別に悪い事をしたとは思わないが、ここで見つかるのは、後々のために良くない。

それに、アンジェが待っている――。


そして、その夜……。

「あ、あの……遅くなりました。申し訳ありません」

教会の祭壇で待つ私とヨルンの前に、アンジェが現れた。

アンジェは、その場に漂う雰囲気からか、それとも私の口調に何か違和感を感じたためだろうか、表情を僅《わず》かに曇らせていた。

「そ、それで、あのぅ……お話というのは……」

「神の使徒『ラフレア』は、平伏する人々を前にしてこう言った。自然に背《そむ》いた行為は、これを固く禁じるものである。男と男、女と女。同性同士による愛欲行為は、固く戒められなければならない」

アンジェは、息を飲み、表情に怯えが走った。明らかに、躯を震わせている。

「……知っているな？」

「……は、はい。……教典の、だ、第二十一章……十五節……です」

何とか答えたアンジェだが、広がった動揺の波紋が伝わったかの様に声も震わせていた。

「うむ。よろしい」

私は、アンジェの動揺に気付かないふりをしながら、仰々しくうなずいてみせた。

「ところで、君と同室のリディアの事だが……」

アンジェが、目を見開いて顔を上げた。

「私は悲しい。神に仕えるべき君達が、あの様な行為をなすなどとは……」

アンジェの顔が、どんどん青白くなっていく。

「私は知ってしまったのだよ。君達が夜な夜な何をしているかを……」

「…………」

アンジェは、言葉を口に出来ず、真っ青になった顔を伏せるばかりだった。シンと静まり返った教会の中、私とヨルンの前でおどおどと身をすくめるアンジェの姿は、ひどく頼り無い。

アンジェは、ギュッと拳《こぶし》を握り締め、目線を逸《そ》らした。

どうやら動揺を隠そうとしている様だが、無駄《むだ》な努力だった。教義に背いたという恐怖と、自らの情事を知られているという恥ずかしさが相俟《あいま》った、複雑な表情をしている。

まるで、追いつめられて身をすくませる小兎《こうさぎ》の様なその姿に、私の嗜虐心《しぎゃくしん》が満たされていった。

「私が言いたい事は、もう解っているな……？」

私は、わざと悲しそうな溜息《ためいき》をつきながら、黙りこくるアンジェに言った。

「……私は、君に罰を与えなければならない。さあ、ついて来たまえ」

心とは裏腹に努めて悲しそうな表情を浮かべながら、アンジェを地下へと導いた。アンジェは、観念した様子で俯《うつむ》き、私の後に続いて歩き出す。その後ろにヨルンが影の様に付き従った。

——コツ、コツ、コツ……。

暗い通路に、三人の足音が吸い込まれていく。

「ここだ。入りたまえ」

「その扉は……開かず……」

怯えた様子で声を失うアンジェを、その扉の中へといざなった。

「こ……これは……」

不安と驚きの混じった表情で、アンジェが振り返った。彼女の瞳は、助けを求めている。

「……ヨルン、準備にかかれ」

私は、そんなアンジェを無視して、冷たく言い放った。

ヨルンが、手枷《てかせ》を持って、アンジェに近づいた。

――ジャラ……ジャラ……。

手枷から伸びた鎖が床の上で音をたてた。その鎖は壁の穴の中へと消えている。リディアに使ったのと同じ仕掛けだ。

観念したのか、それとも恟々《きょうきょう》として躯が動かせないのか、アンジェは固く目を閉じたまま、両手に枷がはめられるのにも抵抗しなかった。

私がヨルンに合図を送ると、アンジェの手枷に繋《つな》がった鎖が、ジャラジャラと音を立てながら壁の穴の中へと吸い込まれていった。

「あっ⁉　なっ、何……きゃっ！」

アンジェは、両手を掲げた状態で、壁に張り付けられた。修道服の下半身の部分を捲《めく》り上げる。私は、アンジェの太腿を持ち上げ、大きく脚を開かせた。開いた股間《こかん》の中心部に顔を埋める。

「……ゃ、やっ！」

白いショーツに当てた指が、ショーツの向こうにある女性特有の窪みを感じ取った。

「あ……ゃ、ゃめて下さい……」

そう、その顔だ……。アンジェには、その顔が非常に良く似合う――。

私は、淫溝《いんこう》にこもった暖かさが伝わる指先を、その溝に埋め込ませ、ゆっくりと動かした。指先の位置を少し上にずらし、一層強く押し込む。布越しに柔らかい肉を押し分けると、コリコリとした固いモノを指先が捉《とら》えた。

「ふっ。すでに、固くなり始めているぞ」

「ゃ……い……ゃぁ……」

アンジェは、恥ずかしそうに瞼《まぶた》を閉じた。私は、その表情を楽しみながら指をゆっくりと動かし続ける。指先の動きに合わせて、アンジェの唇から甘い吐息が吐き出され始めた。

「あ、はぁっ……い、ゃ……ぁ」

私は舌を突き出して、下着の上からアンジェの中心へと押しつけた。下着が私の舌先ごとアンジェの中に浅く食い込む。私が唾液《だえき》を送り出すと、滲《にじ》んだ下着が生温かな湿り気を帯びて、アンジェの秘処に張り付いた。

透けてよく見える。ぜひ、直接見てみたいものだ――。

私は、アンジェの下着をズラし、覆われていた部分を露《あら》わにさせた。生の淫苑《いんえん》に舌を走らせる。

「あぁ……いやぁ……」

外気にあたりヒンヤリとしていた淫苑に、温かくてトロリとした物が溢《あふ》れ出した。

――クチュ……クチュ……クチュ……。

私がアンジェの秘処を舐《な》める音と、それに必死で堪《こら》えているアンジェのくぐもった声が

地下室に響く。

「あんっ……あぁ……」

私は、肉襞《にくひだ》の溝を掻《か》き出す様に、舌先を細かく動かしながら、アンジェの淫苑を端から端まで丹念に舐めた。

「お、お願い……です……し、神父様。お許し……くださ……い」

アンジェの哀願に、私は軽く首を振って答えた。

「君は犯した『罪』に見合うだけの『罰』を受けなければいけない。そう言えばアンジェは、男性経験は無いらしいが……。本当なのか？」

私の問いに、アンジェはしゃくり上げる様な声を出すだけだった。

「答えろ」

私は、爪《つめ》の先でアンジェの肉芽を挟み込み、ギリッとばかりに摘《つま》み上げた。

「アウッ！　痛っ……」

「本当に、男を受け入れた事は無いのかと聞いているんだが？」

再び、クリトリスを挟み込む。が、今度は力を込める前に、アンジェが声を震わせながら言った。

「ほ、本当です……。あたし……男の人は……」

「男性経験が無いのに……生娘《きむすめ》ではない。という事は、張り形が最初の相手か……？」

私が、口調に揶揄《やゆ》する様な響きをもたせてそう言うと、アンジェが嗚咽《おえつ》に近い呻《うめ》き声を出し始めた。

「ふっ……どうせリディアの仕業《しわざ》だろう。どうだった？　血の通わぬ、単なるモノに純潔を奪われた時の感想は」

「も、もう、やめて……許してください……」

「ふっふっふ……。まだまだ、君への罰はこれからだ。さぁ……ちゃんと血の通った肉の棒を味わわせてやろう。まずは、文字通り『味見』してみるといい。そうだな……」

私は暫く考えた後、ヨルンの巨砲をアンジェに『味見』させる事にした。手枷の鎖を少し緩め、アンジェを跪《ひざまず》かせる。

アンジェは、目の前に突き出されたヨルンの巨砲を、正面から見つめて息を飲んだ。目を逸らそうとしても、まるで呪縛されたかの様に逸らせないでいる様子が、ますます私の心を躍らせる。

「なぁに、遠慮せずに味わってみるがいい」

私は、穏やかだが有無を言わせぬ圧力をこめた口調で、そう言った。

それを感じ取ったのか、アンジェのピンクの唇がおずおずと開かれる。その隙間《すきま》に、待ちかねたかの様に、ヨルンが巨棒を突き挿《い》れた。

「うぶっ！　……ぉ……げお……っ……ぉぇっ！」

アンジェは、むせかえった。ヨルンの巨根を、いきなり喉《のど》深くまで押し込まれたのだから無理は無い。

ヨルンは、そんなアンジェにお構い無く、深いスロートで巨根を出し挿れさせた。

「んご、んぐ、ぐっ、おぷっ！」

腰の前後に合わせて、ヨルンの巨砲がアンジェの唇を捲り上げながら、出入りを繰り返した。息苦しいのだろう。アンジェの頬《ほお》は桜色に染まり、その瞳には涙が溜《た》まっている。

ヨルンは、まるでアンジェに呼吸させないかの様に、ただ腰を振り続けるのみであった。

「ぶふぅ……ハァ……ァおッ……ぶっ！　ぐちゅっ！　おぶっ！」

アンジェは、目から涙を溢れさせ、ヨルンの動きをじっと耐えていた。薄暗い地下室に、グチャグチョという淫猥《いんわい》な音と、苦悶《くもん》に喘《あえ》ぐアンジェの声が反響する。

アンジェの口からは唾液がダラダラと溢れて喉を伝っていた。口の中から引き出されたヨルンの巨棒は、唾液にまみれた表面をギラつかせ、乾く間もなく再び押し込まれる。ヨルンの巨棒はアンジェの愛らしい口を容赦なく凌辱し続けた。

「アンジェ、そんな事ではいつまでも罰は終わらないよ」

私の言葉で、アンジェは、唇を窄め、自ら頭を動かし始めた。

「ヨルン、もっと激しく」

次いで、ヨルンにも檄《げき》を飛ばす。ヨルンは私の許可をもらったとばかりに、イキにかかった。両手でアンジェの頭を鷲掴《わしづか》みにすると、激しく前後に揺さぶり始める。

「うぶぅッ！　ご、うごぉ、あぉっ！」

「ハッ、ハァ、ハアッ！　うあぁァッ！」

背中を反《そ》らして唸《うな》りをあげたヨルンが、ひときわ大きく腰を突き出して、躯をブルッと震わせた。同時に、アンジェの目が大きく見開かれる。

「はぶッ⁉　ガホッ！　ゲッ！　ゴボッ！」

アンジェが、激しく咳《せ》き込《こ》んだ。巨茎を咥《くわ》えた唇の隙間から白い粘液が噴出する。口の中に大量に吐き出されたそれは、糸を引きながらボトボトと流れ落ちていった。

その上、ヨルンの巨茎が口を塞《ふさ》いでいるために、精液の一部が鼻孔《びこう》をも逆流したのだろう。アンジェの慎《つつ》ましい鼻の穴からも、白粘液が溢れ出した。

ヨルンは名残惜《なごりお》しげにさらに数回腰を振ってから肉棒を引き抜いた。アンジェの顔はザーメンまみれだ。開いた口から、トロリと溢れたザーメンが顎《あご》を伝う。

アンジェは、涙をボロボロと零《こぼ》しながら、拳を握り締めていた。まさに、息も絶え絶えといった感じであった。

私は、手枷の鎖を更に緩めた。アンジェの手がダラリと落ちる。

だが、アンジェがホッと出来たのは束《つか》の間《ま》だった。背後に回ったヨルンが、修道服のボタンを外す。そのまま衣服を引き下ろす様にすると、アンジェの乳房がまろび出た。

アンジェの双球は、掌《てのひら》に収まり切りそうにない豊満なものだった。ベビーピンクの新鮮な乳輪の頂点には、ほどよく突起した乳首がある。

私は、アンジェを押し倒し、乳房に手を伸ばした。柔らかでタプタプとした心地良い揉《も》み心地だ。乳首を刺激すると、ツンと誇らしげに上を向いてくる。

私が乳房を弄《もてあそ》んでいる間に、ヨルンの手によって、アンジェは修道服を脱がされ、下着も剥《は》ぎ取られていた。

「次は、コレに頑張《がんば》ってもらうとするか」

私は、手にしたバイブをアンジェの目の前に差し出した。

「っ！　そっ、それは……！」

「どうした？　アンジェの大好きな物だろ？」

私は、愕然《がくぜん》となるアンジェを余所《よそ》に、裸にさせた彼女を逆さまにひっくり返した。アンジェは頭に血が下がり、苦しげに顔をむくませている。

アンジェの柔らかな乳房が、肩口に流れる様にその形を崩していた。腰はくの字に折れて、大きなお尻《しり》を不安定に支えている。

「い、いやぁっ、お許しを……」

アンジェの腰を壁にもたれかけさせ、両脚を大きく開かせると、そこには薄桜色の柔襞がひっそりと息づいていた。ただ逆さまにしただけで、アンジェの秘園は、全《すべ》てを私の前に曝《さら》してしまっているのだ。

秘園の中心へ、バイブの先端を宛《あてが》った。底にゼンマイの螺子《ねじ》が付いたバイブだ。

「やっ！　……ぃ、いや……です……」

「嫌と言われてやめるわけにはいかないな」

言うが早いか、ほんのり桜色に染まった花弁を押し広げ、ゼンマイ仕掛けのバイブの先を、アンジェの中へグイっと突き挿れた。

「ぐっ！　い……痛いぃ……っ」

「だから言ったろう？　これは罰だと」

ヨルンが、別のディルドーを手渡してきた。少し小さめの蛇腹の張り形だ。アナルプラグとしても使える。

私は唾液を蛇腹ディルドー全体に絡み付かせると、アンジェの尻穴へと突き立てた。

「ひっ！　ぐうッ！」

アンジェの二つの穴は淫《みだ》らな器具を頬張って、粘膜の縁を張りつめさせている。前後の穴は、まるで期待に打ち震えるかの様に、時折ヒクヒクとわなないていた。

「さて……。どんな声で啼《な》いてくれるかな？」

私は、バイブのゼンマイを巻いた。アンジェの秘洞内のバイブがうねり始める。

「いいやぁっ！　はぁっ！　ふあぁっ！」

「どうだ、このバイブは？　なかなかいい動きをしているだろう？　リディアが使った張り形とは比べ物になるまい。アンジェのココも随分と気に入った様だし」

私は、ウネウネと蠢《うごめ》くゼンマイバイブに手をかけた。アンジェの奥深くに収まっている部分が膣壁《ちつへき》を圧迫し、膣内の感覚を私の手に伝えてくる。

すかさず、ゼンマイバイブの動きを増幅する様にグッと動かした。ゼンマイバイブはアンジェの膣内をくまなく掻き回し、襞という襞を擦《こす》りあげる。

「あああっ！　はっ、あ、あ、あぁぁーっ！」

アンジェの口から、あられもない声が上がった。

泉からはクチュクチュとした音とともに、キラキラとした蜜《みつ》が零れ出してきて、恥毛をジットリと濡らし始めている。

アンジェの泉は、とどまる事無く、こんこんと蜜を湧《わ》き出《だ》させていた。ゼンマイバイブを引いては零れ、押しては溢れる。

一旦《いったん》私は、かろうじて先端を残して埋まっている蛇腹の張り形＝アナルプラグをゆっくりと引き抜いた。

蛇腹の一腹、一腹を越える度にアヌスが拡張と収縮を繰り返し、アンジェが悩ましい吐息を漏らす。アナルプラグの先端が引き抜かれる直前、キッチリと咥え込んだ菊孔の輪がプクリと膨らんだ。

郵　便　は　が　き

切手を
お貼り
ください

166-0011

東京都杉並区梅里2-40-19
ワールドビル202
株式会社 パラダイム
PARADIGM NOVELS
愛読者カード係

住所　〒 TEL　（　　）			
フリガナ 氏名		性別	男 ・ 女
		年齢	歳
職業・学校名		お持ちのパソコン、ゲーム機など	
お買いあげ書籍名		お買いあげ書店名	
E-mailでの新刊案内をご希望される方は、アドレスをお書きください。			

PARADIGM NOVELS 愛読者カード

このたびは小社の単行本をご購読いただき、まことにありがとうございます。今後の出版物の参考にさせていただきますので下記の質問にお答えください。抽選で毎月10名の方に記念品をお送りいたします。

●内容についてのご意見

（　　　　　　　　　　　　　　　　　　　　）

●カバーやイラストについてのご意見

（　　　　　　　　　　　　　　　　　　　　）

●小説で読んでみたいゲームやテーマ

（　　　　　　　　　　　　　　　　　　　　）

●原画集にしてほしいゲームやソフトハウス

（　　　　　　　　　　　　　　　　　　　　）

●好きなジャンル（複数回答可）

□学園もの　□育成もの　□ロリータ　□猟奇・ホラー系
□鬼畜系　□純愛系　□ＳＭ　□ファンタジー
□その他（　　　　　　　　　　　　　　　　）

●本書のパソコンゲームを知っていましたか？　また、実際にプレイしたことがありますか？

□プレイした　□知っているがプレイしていない　□知らない

●その他、ご意見やご感想がありましたら、自由にお書きください。

ご協力ありがとうございました。

更に引くと、アナルプラグの先端はアヌスから顔を覗《のぞ》かせてチュルンと外に引き出された。抜ける瞬間、内壁の鮮やかなピンクをチラリと見せてアヌスは閉じる。アナルプラグの、アンジェのアヌスに埋まっていた部分は、ツヤツヤだった表面を鈍く曇らせていた。

「ヨルン、この匂いを嗅《か》いでみろ」

ヨルンは戸惑い気味に、アナルプラグに顔を近付けていった。

「……臭《くさ》い。凄《すご》い匂いがして臭いです、神父様」

アンジェの顔が、恥辱に歪む。

「やっ！　あぁーっ！　いいやぁーっ！」

私は、アンジェに一息つかせる暇も与えず、再度アナルプラグを突き挿れた。間髪与えず、うねるゼンマイバイブとアナルプラグを交互に出し挿れする。

アンジェの秘孔はうねるバイブの出し挿れによってクニクニと複雑に形を変え、菊孔はアナルプラグでボコボコと膨らんでは窄《すぼ》んだ。

「うあっ！　ぁっ！　あぁーっ！　あっ！　はっ！　はあぁぁぁーっ！」

私は、二つの穴を執拗《しつよう》に責めた。膣内を掻き回すゼンマイバイブと直腸壁を擦るアナルプラグの二重の刺激で、アンジェはもう満足に喋《しゃべ》れない様だ。

そろそろ良い頃《ころ》だろう――。

ゼンマイバイブを抜き、アンジェの顔を見下ろしながら、私は話しかけた。

「アンジェ、こんなオモチャはもう終わりだ。君にはもっといいモノを与えてやろう」

私は衣服を脱ぎ、アンジェの眼前に一糸纏《まと》わぬ姿で立った。アンジェは瞳を潤ませながら、怯えた様な、驚いた様な目で、私の聳《そび》え勃《た》ったものを凝視している。

私は、言葉も無いアンジェの躯を仰向《あおむ》けた。バイブは引き抜いたが、アナルプラグはそのままに、私はアンジェの上に覆い被《かぶ》さり、互いの生殖器官を合わせる。

「んん、うーっ、うーっ、うぅぁぁぁーっ！」

アンジェの秘壺《ひつぼ》が、私の肉棒を包み込んで、ギュッと締めつけた。さすがに、いい締め具合だ。

私は深く結合したまま、アンジェの躯を力強くグッと抱き締めてやる。秘壺の中で私の肉棒がピクピクと脈動し、それに応《こた》える様にアンジェの肉壺も強く締め上げてきた。

「んくっ……くぅ……っ」

私は円を描く様に腰を動かした。

アンジェの中に深々と刺さった肉棒を、グリグリと膣壁を押し広げる様に動かす。時にはゆっくり、時には速く、回転の速度に変化をつける。

私の肉棒はアンジェの秘壺をさんざんに掻き回した。絡み付こうとする蜜襞を肉棒の側面で薙《な》ぎ払い、壺の内周を幾度も掻き混ぜる。アンジェの花園は、グニグニと形を歪ませ、熱い蜜汁が多量に零れ落ちた。

「あっ、ん……はぁっ……あぁぁ……っ」

私は、アンジェの脚を折り曲げた。腰を捻《ひね》らせ、繋がったまま、アンジェを俯せにする。俯せになったアンジェの尻を引きつけ、今度は、後ろから腰を打ちつけた。私自身の杭《くい》を打ち込みながら、同時にアナルプラグも動かす。

驚いたのであろう。アンジェは首を後ろに向けた。その様子を見ようとしたのだろうが、アンジェの瞳は最早虚《うつ》ろで、空中を彷徨《さまよ》い焦点が定まっていない。その内に、瞼が閉じられる。きつく、きつく閉じられる。牝《めす》の器官と排泄《はいせつ》器官を一緒に揺さぶられ、アンジェは眉間《みけん》に皺《しわ》を寄せて堪えていた。

「あっ！　はぁっ！　あぅっ！　あぁっ！　あぁぁぁぁーーっ！」

アンジェの喘ぎが、どんどん高くなっていった。

そろそろ、フィニッシュといくか——。

私はアンジェを再び仰向けにした。肉棒が抜け落ちるくらい大きく腰を引くと、一気に奥まで打ちつける。肉棒の先端が子宮口を激しく叩《たた》いた。

「あっ！　はぁ、はぁ……や……んっ！　はぁっ！　ああっ！」

激しく打ちつける私の腰の動きに、アンジェの躯が大きく揺れ動いた。アンジェの柔らかく豊満な乳房が、上に下に、目で追うのも困難な程めまぐるしく動いている。そのタプタプとした動きを楽しみながら、私はアンジェを一層激しく責めたてた。

満身の力を込めた腰の一突き一突きに、アンジェの躯は跳ね上がる様にして、上へ上へとずり上がった。蜜汁を飛び散らせながら、肉棒は猛烈な勢いで秘壺を出挿りして、互いの粘膜を激しく摩擦する。

アンジェは気も狂わんばかりによがりまくるだけであった。それは、私が動けば動く程激しくなっていった。

「あぁっ！　んっ！　ふっ！　はぁ、はぁ、あ〜ぁ〜っ！　あっ！　あぁんーっ！」

アンジェのすすり泣く様な喘ぎに、絶頂の近い事を感じた私は、更に深く、激しく肉棒を突き挿れた。

やがて、私自身も押し寄せる昂《たか》まりを抑える事が出来なくなってきた。

「う……そろそろイクぞ」

「はぁはぁ……や、やめて……中はっ、はぁ……だめっ……っ……いやぁ……っ！」

アンジェは途切れ途切れに、拒絶の言葉を述べた。

「ふ、心配いらん……外に……外に出してやる」

「あっ、あっ……ああっ！　あっああぁぁぁぁぁぁーーーっ」

アンジェが絶頂の声を上げた刹那《せつな》、膣壁が収縮した。私の射精衝動が促される。

肉棒に最初の痙攣《けいれん》がおき、アンジェの中に精液が吹き上げられる瞬間、私は素早く肉棒を膣から抜き出し、アンジェの腹の上に熱い迸《ほとばし》りを浴びせた。肉棒は幾度か脈動し、アンジェの腹だけでなく、胸や顔までをも汚していった。

「どうかね。初めての生のペニスの味は？」

アンジェは沈黙したままだった。

「ふっ。まあいい。君が同性愛に耽《ふけ》って、これまで何本もの張り形を咥え込んでいた事を考えると、私のペニス一本では、罪は贖《あがな》えない。さあ、ヨルン」

「はい、神父様」

それまで、側《そば》で控えて、私達の行為を見守っていたヨルンが立ち上がった。

アンジェの反応は、今までとは違ったものだった。恍惚《こうこつ》とした目で、ヨルンの勃起《ぼっき》したものを見つめている。

ヨルンがアンジェに覆い被さっていった。

この日の宴《うたげ》は、未明まで続いた。

第5章　背信の狂宴

おや、あれは誰《だれ》だろう――？

私《わたし》が、いつもの様に町を歩いていた時の事だった。相変わらず心配事を溜め込んでいる様な顔をしたセレナの隣りに、見た事の無い男がいた。私は、セレナに声を掛けてみた。

「あら、こんにちは、神父様」

「……そちらの方は？」

「ああ、わたしの夫ですわ」

「旦那《だんな》さん……？　すると、いつも言っていた……」

セレナの夫は、病気だと聞いていたが、とてもそうとは思えない様なガッチリとした体躯《たいく》の男だった。

「ええ、今日は、久しぶりに体調がいいので、散歩をしてたんです」

セレナは、私の考えを読んだかの様に言った。

「ほらアナタ。前にお話しした神父様よ」

セレナの夫は、表情も変えず、無言で私を見るだけだった。だが――。

うむ？　よく見るとおかしい――。

一見、病気とは思えないが、セレナの夫の目は、何処《どこ》かおかしかった。何かに取り憑《つ》かれている様な目つきをしている。

「……行くぞ」

それだけ言うと、セレナの夫はサッサと歩き始めた。

「あ、アナタ、ちょっと、待ってください」

セレナは、私に目礼をし、夫の後を追って行った。


その日は、セレナの夫を初めて見た事以外、何事も無く日は暮れた。

エミリの事が気掛かりだったが、あれ以来、道具屋には行っていない。いや、私が自分自身の心の動きに、まだ戸惑っているから行く事が出来ない、と言った方が正しいだろう。暴漢に襲われるエミリを見た時、ふと私の脳裏を過《よ》ぎったエミリの笑顔。あれは、実に私らしくないものであった。

私は、人の好意など信じない。誠意だの正義だのも信じない。無論、愛もだ。

人は好意的でいられる範囲で好意的であり、誠意的でいられる範囲で誠意的であるに過ぎないのだ。つまりは、私は人など信じていないのである。信じられるのは、自分だけだ。

気が付けば、私の足は町外れへと向かっていた。我ながら失笑を禁じ得ないが、どうやら、日課と成りつつある様だ。

いつもなら、じっと森を見つめている私なのだが、その日の私は、何だか視線が定まらなかった。つい、あたりを見回してしまう。これも苦笑せざるを得ない事だが、私はジェシカの姿を求めている様であった。

暫《しば》くすると、期待通り、ジェシカが姿を見せた。ジェシカの瞳《ひとみ》には、やはり、憂愁が湛《たた》えられていた。

私と同じ瞳を持つ女。私と同じ匂《にお》いを持つ女――。

そんなジェシカの出現に、微《かす》かだが心が浮く。意識の表面に些少《さしょう》な波が立つ。

全《まった》くもって噴飯ものだ――。

自分で自分自身の事をそう思いながらも、私はそんな事はおくびにも出さず、普段の敬虔《けいけん》なる神父というマスクを被《かぶ》り、ジェシカに挨拶《あいさつ》をした。

「今晩は。ジェシカさん」

「今晩は。気持ちのいい夜ですね、神父様」

「……そうですね。静かで……とても気持ちが良い」

「…………」

「…………」

数瞬の沈黙が訪れた。しかし、それは、何やら心地よい沈黙であった。

ジェシカは、いつもの様に、すぐに立ち去るだろう――。

私は、そう思っていた。が、ジェシカは黙ったままで、私の側《そば》にい続けた。

先に沈黙を破ったのは、ジェシカの方だった。

「……神父様は、この場所がお好きなのですか？」

「え？　何故《なぜ》？」

「だって……よくここにいらっしゃるから」

私が、ここに来る理由か……。

ジェシカの問い掛けが、私の心の中の縺《もつ》れていた糸を解きかかった。だが、結局、再び縺れてしまう。

そう、それは……。しかし、口にしてみた所で、私以外の者に理解出来まい——。

縺れた糸は、深い深い意識の底に沈んでいく。

私は、適当に返事をした。

「私がここに来るのは、暇だからですよ」

「……は？」

「いや、もう。教会の神父なんてものは暇で暇で……」

「まぁ、うふっ……ふふふっ……」

ジェシカは可笑《おか》しそうに笑った。意外であった。

「……何かおかしいですか？」

「いえ、ご冗談をおっしゃる方だとは思いませんでしたもので……うふふっ」

笑顔もジェシカに良く似合っていた。上品であり嫣然《えんぜん》とした笑み。妖艶《ようえん》さの中に可愛《かわい》らしさが見え隠れする。

「……冗談？」

私は問い返した。

「だって……こんな夜中にいらっしゃるのに、仕事がお暇か、お暇じゃないかは関係ありませんでしょう？」

「んー。まあ……」

「うふふふっ……」

ジェシカは、また笑った。ただ、笑っていてですら、ジェシカの瞳は憂えたままだった。

「もしかしたら、この場所が好きだからかも知れません」

私は、ふと思った事を、そのまま口にした。

この風景は私に嫌な事を思い出させる。だからこそ――。

逆説的だが、それもまた真実であった。私にとっては――。

「この場所が……？　何も無い所なのに……？」

ジェシカは、不思議そうな顔をしている。

「……実は、私が神父になったのには理由《わけ》がありましてね」

その時の私は、どういう理由か、素直に言葉を紡いでいた。

「ある事を決意して神父になったんですが……ここの風景は、その事を決意させるきっかけを思い出させるんですよ」

こんな事、今まで、誰にも話した事の無い事だ。

「この風景を見て……決意を新たにしていらっしゃる……？」

ジェシカは、知ってか知らずか、私の心理の機微を穿《うが》った。

「そういう事……かも知れません」

かも知れない――。実際に、これが正直な所だった。

「……何事も、人それぞれ……ですか」

ジェシカはそう言い残し、去って行った。ジェシカの残り香が、胸に染み入った。

人それぞれ……か。その通りだ。私は私でしかないのだ――。

いずれにせよ、私にしては自分の事を長々と語り過ぎた。ジェシカにとっても、人と長話をする事は、あまり無いのではなかろうか。

十六夜《いざよい》の月が、空高くから私を見下ろしていた。


次の日の夜遅くの事だった。

例によって夜の散歩をしていた私は、町中でセレナを見かけた。セレナは、血相を変えてキョロキョロしている。こんな時間に、セレナは何をしているのだろうか？　私は、セレナに近寄ってみた。

「どうしたんですか？　こんな夜中に……」

「あ、神父様……いえ、別に……」

「……別にという風には見えませんが」

「……な、何でもありません！」

セレナは、そう叫ぶなり、森の方へ走り去ってしまった。

何かあるな――。

そう睨《にら》んだ私は、森へと向かった。だが、いくら捜しても、森の中にはセレナの姿は見当たらなかった。

いい加減疲れた私が、何となく周囲を見回した時だった。セレナの夫の姿が目に入った。あろう事か、隣りにはジェシカがいた。何故、ジェシカと一緒に……？

私は、セレナの夫に向かって話しかけてみた。

「おやおや、こんな所で、こんな時間にお会いするとは。貴方《あなた》の事を奥さんが捜していた様ですよ」

が、セレナの夫は無言のままだった。

「あら、神父様。この方とお知り合い？」

代わりに口を開いたは、ジェシカの方だった。ジェシカは、普段と何ら変わらない瞳で私を見ている。

「お散歩をしていたら、この方がフラフラ歩いていたので……」

ほう、ここにいるのは偶然だと……。それにしては、妙だ。夜中の森などという場所に二人でいるとは……。

私は、疑念を抱いた。少し問い詰めてみようかと思っていると、セレナの夫の様子が何か変である事に気付いた。

私がセレナの夫に触れようとした瞬間、彼は急にフラフラと歩き出した。どうやら、町に向かって歩いている様だが、その足どりは夢遊病者の如《ごと》く頼りない。

「ジェシカさん。私はこれで失礼させてもらう」

私はジェシカに一礼して、彼の後を追いかけた。が、町の中に入った辺りで、その姿を見失ってしまった。

おかしいな……そう簡単に見失う筈《はず》は無いのだが――。

そう思いながら、私は森に戻ってみた。しかし、既《すで》にそこには、ジェシカの姿も無かった。仕方無く、私は帰路についた。

教会に戻っても、私の神経は昂《たか》ぶったままであった。疑念が次々に湧《わ》き起《お》こってくる。

本当に、二人でいたのは偶然なのだろうか？　偶然でないとすれば、ジェシカとセレナの夫とはどういう関係なのだ？　そういえば、あの男の様子も尋常ではなかった……。

そこで、私はハッとした。

嫉妬《しっと》——？

思わず首を横に振る。私は誰も愛さない。愛しても欲しくない。めぼしい女を欲望の赴くままに蹂躙《じゅうりん》するだけだ。

と、唐突にあの夜に見たジェシカの肢体《したい》が脳裏に浮かんだ。ジェシカの裸体は、夜陰に白く光を発するかの様に輝いていた。透き通る様な肌だった。

私の欲望は、否応なく昂まってきた。誰かを呼び出さずにはいられない。夜更けとはいえ、日が昇るまで、まだまだ時間はある。

私は、この町に来てから凌辱《りょうじょく》した三人の女に思いを馳《は》せた。三人とも弱みは握ってある。私の要求を拒否出来ないだろう。

時間も遅い。こんな時間にマリーを呼び出して、いらぬ詮索をされるのもつまらない。そうなると、リディアかアンジェか……。さて、どちらにしたものか……。そうだ。たまには変わった趣向を凝らすのも面白い——。

私は、眠っていたヨルンを叩《たた》き起こした。ヨルンが眠そうな目を擦《こす》っている。如何《いか》に忠実な従者とはいえ、こんな時間に起こされては、不満を隠せない様だ。だが、現金なものである。リディアとアンジェを地下室に呼んで来る様に命じると、ヨルンの顔に喜色が射した。

私が地下室で待っていると、間もなく二人を伴って、ヨルンが現れた。

「こんな時間に、わたくし達《たち》に何のご用でしょうか？」

リディアが、きつい眼差《まなざ》しを私に向けた。

「リディア……。アソコに挿《い》れられたニョルアの動きを忘れたのかい？　レイプされ純潔を奪われたという過去。それを再現して楽しんだじゃないか……」

私は椅子《いす》に腰掛けたまま、落ち着き払ってそう言ってやった。リディアの顔が上気してくる。それとは対照的に、アンジェの顔から血の気が引いてくる。

「アンジェ……」

名を呼んだだけで、アンジェが飛び上がらんばかりになった。

「君には、張り形では味わえない、血の通ったペニスの味を教えてやったじゃないか……」

暫《しば》しの間を置いて、二人は顔を見合わせた。

「アンジェ……」

「……リ、リディア様！」

どうやら、二人は各々《おのおの》の身に起こった事を、互いに知らない様であった。いつも男への軽蔑《けいべつ》を口にしていたリディアの事だ。その男の肉棒を咥《くわ》え込んでよがり狂ったなどとは、とてもじゃないが話せまい。アンジェにしても、あの気の弱さでは、リディアに初めて生の男を知ったなどと打ち明けられなかったのだろう。

「それで、神父様、何をなさるおつもりなのでしょうか？」

リディアは、まだ気丈さを保とうとしているのか、そう言ってきた。顔は紅潮しきっている。怒りのためか、羞恥《しゅうち》のためか？　心なしか、目の力が弱まってきている様に思える。おそらく、後者のためだろう。

「言葉にする必要はなかろう……」

「そ、そんな事、神がお許しになる筈が……」

「ほう……。という事は、解《わか》ってるんだな？」

リディアが目を伏せた。堕《お》ちた——と、思った。

「君達は、何度、教義に背《そむ》いたんだ？　背いた数だけ、清めが必要なんだ！」

私は立ち上がるなり、着ていたものを一気に脱ぎ去った。既に屹立《きつりつ》した私の肉茎が曝《さら》け出される。雄々しく聳《そそ》り勃《た》ったモノを強調するかの様に、私は腰を突き出した。赤黒く淫水焼《いんすい》けした肉茎の先端からは、私にしては珍しく、もう先走り液が滲《にじ》んでいる。ツーッと糸を引きながら先走り液が一滴したたり、床にシミをつくった。

リディアは紅潮した顔はそのままに、目を蕩《とろ》けさせていた。蒼《あお》くなっていたアンジェの顔にも朱が射し、瞳を潤ませている。

「服を脱ぐんだ」

少し躊躇《ためら》った後、リディアは静々と修道服を脱ぎ始めた。

「リ、リディア…さ…ま……」

アンジェが、羞恥の表情で、リディアの後に続く。

やがて、リディアは一糸纏《まと》わぬ姿になった。リディアは包み隠す事なく、むしろ誇らしげに、己の裸体を曝している。

リディアに比して、アンジェは裸になった後も、脱いだ修道服で恥ずかしげに躯《からだ》を隠していた。恥じらいを忘れぬのは好ましい事だが、私は冷厳に命じた。

「アンジェ、手に持っている物を放しなさい」

「……神父…さ…ま」

アンジェに手から、躯を隠していた布が滑り落ちた。それは、空気を孕《はら》んでフワリと広がり、ゆっくり舞い落ちる。まるで、宴《うたげ》の幕開けの様に……。

さあ、宴の始まりだ。狂乱の宴の……。そして、背信の宴の——。

全裸で立ち尽くす二人は、躯を赤く染めていた。恥辱のためか、期待のためか……。

それにしても、こうして並べて見てみると、壮観でもあり、二人の違いが良く解り面白くもあった。

どちらも豊満な美乳だが、アンジェの方がリディアより一回りは巨乳である。アンジェの方が色白で、それに比例して、リディアの乳首の色合いはアンジェに比べると濃い。

リディアの草叢《くさむら》は燃える様に赤く、三角形に狭く密集している。見かけは、柔らかそうだ。一方、アンジェのブロンドの淫毛は、全体的にゴワッとした感じで生《は》えている。

いつまでも見ているだけでは、仕方無い。私は二人に命じた。

「まずは神の塔を清めるのだ」

私の言葉の意味を察したのだろう。二人は私の前に跪《ひざまず》いた。私の剛直の先端が、暖かい感触に包まれる。意外にも剛直を先に口にしたのは、アンジェであった。

アンジェは肉傘の部分を唇で締め上げ、鈴口を舌先でつついてきた。リディアが、負けじとばかりに、幹の所を啄《ついば》んでくる。鈴口を弾《はじ》く様に舌を何往復かさせた後、一旦《いったん》アンジェは口を離し、私の先走りの汁とアンジェ自身の唾液《だえき》を亀頭部全体に馴染《なじ》ませる様に舌を這《は》わせていった。続いてリディアが裏筋に舌を走らせる。すると、アンジェは空いた肉傘の上部に舌全体を擦りつける様にしてくる。

二人は奪い合う様に、肉幹全体を、唇で啄み、舌を這わせ、しゃぶり尽くしていった。

今度は、リディアが肉棒を咥えた。奥深いスロートだ。アンジェは、私の玉袋を持ち上げ、アヌスに舌先を突き立てた。舌が、アヌスから会陰部を経て、玉袋へと移動してくる。

リディアが頭を揺すって肉幹全体を刺激し、アンジェは袋の部分を中の球ごと口に含んだ。アンジェは口にした球を吸い上げてくる。痛くなる直前の微妙な力加減だ。

――チュルンッ!

――チュッパンッ!

卑猥《ひわい》な音とともに、私の肉幹の頭がリディアの口から離れ、玉がアンジェの口から押し出された。快楽が脊髄《せきずい》を伝わり、脳に至って炸裂《さくれつ》する。二人は絶妙のハーモニーで、私の牡《おす》の器官を責め立てた。

すぐに限界がやって来た。欲望の塊が、ザックから会陰を経て、ペニスまで駆け上ってくるのが解る。刹那《せつな》、私は二人の髪を鷲掴《わしづか》みにし、自身の器官から離した。直後、ペニスが脈打つ。暴発した白い体液は、リディアとアンジェの目や鼻を、そして口や髪の毛を汚していった。

一息ついた私の視界に、ヨルンが目に入った。情けなさそうな表情をしている。まるで、『神父様だけ、ずるい』と言わんばかりだ。

「ヨルン、服を脱いで床に座りなさい」

ヨルンは喜び勇んで、私の命令に応じた。私は、リディアとアンジェに顔を拭《ふ》く暇も与えず、ヨルンのモノをしゃぶる様命じる。二人は、牝《めす》の表情で私に従った。躯を折る様にしゃがみ込み、ヨルンのモノを口にする。

「もっと、尻《しり》を上げろ」

リディアとアンジェの腰が上がった。私の位置からは、二人の女陰が丸見えだ。

アンジェのそこからは、桜色の花弁が控えめに覗《のぞ》いている。リディアの花弁はアンジェに比べるとやや大きめだが、色合いはアンジェより薄いベビーピンクだ。同時に見ると、リディアの方がアンジェに比べて上ツキなのも良く判《わか》る。共通するのは、二人とも一番敏感な豆が莢《さや》に収まったままである事と、既に滲んだ秘蜜《ひみつ》が媚肉《びにく》の表面をてからせている事ぐらいであった。

暫く鑑賞した後、私はヨルンの肉棒を懸命にしゃぶり続ける二人の後ろへ行き、片膝《かたひざ》を折った。手を伸ばし、二つの柔肉の複雑に折り重なった襞《ひだ》を同時に掻《か》き分ける。

「んごぅ、んぐぅ、むぐぅっ……」

「んごぅ、んぐぅ、むぐぅっ……」

二人のくぐもった嬌声《きょうせい》が、見事にユニゾンした。その様子に、私の萎《しな》びた肉茎が、放出したばかりだというのに、再び血液で充実していった。

次いで、私は二つの莢を剥《む》いた。露《あら》わになった二つの淫豆を指先で転がす。それらは、瞬く間にしこってきた。リディアの豆がシェルピンクに輝き、アンジェの豆がルビーにも似た光を放つ。

私は、淫豆を責めながら、ヌプリと秘穴に指を挿《さ》し入れた。

——チュッパ、チュップ、チュッポッ！

二人のヨルンのモノを責める音が大きくなった。押し寄せてくる悦楽を紛らそうとしているのだろうか。しかし、躯は正直であった。二人の淫唇は充血し、花弁がだんだん開いてくる。花芯《かしん》からは、とめどなく蜜汁が溢《あふ》れてくる。溢れかえった蜜汁は、二人の裏腿《もも》や内腿までヌメらせ始めた。私の肉茎は、今や完全たる剛棒と化している。

ヨルンが短く呻《うめ》き、躯を震わせた。どうやら、放出した様だ。見ると、リディアとアンジェの顔は、白濁液まみれであった。

「どうかね？　私とヨルンの聖なる液を浴びた感想は？」

二人は、無言のままだった。が、返答を拒否してるという風ではない。その証拠に、二人して、恍惚《こうこつ》とした表情をしている。

私は、半ば放心状態のリディアとアンジェを重ね合わせた。リディアを横たわらせ、アンジェをその上に乗せる。最早、二人の花弁は開き切っており、ぬめる赤い膣口《ちっこう》が覗き見えていた。

「はうぅぅっ！」

まず私は、下になっているリディアの花芯を貫いた。リディアの肉壺《にくつぼ》は、私の剛塔が埋まり切るなりキュッと締め付けてくる。輪姦《りんかん》されてから男に抱かれたのは、先日に続いて二度目だ。それだけに、リディアの肉壺の締まり具合は窮屈な程であった。

「はっ！　あ、ああっ！」

とはいえ、二度目だけあって、リディアはすっかり敏感になっている様であった。私の一突き一突きに、腰を跳ね上がらせてよがっている。

「んんぁぁっ！」

数度の抽送《ちゅうそう》の後、次はアンジェの蜜壺を掻き分ける。張り形で慣らされているから、アンジェほど窮屈ではないが、こなれた肉襞が剛直の動きに合わせて柔軟に絡み付いてくる。

二人の秘壺は、それぞれの個性でもって、私の快楽中枢を刺激した。

「あぁぁっ！　わたしも突いてぇーっ！」

アンジェに出し挿れしていると、リディアが切なげに求めてくる。

「はぁぁんっ！　リディア様だけ、ずるいーっ！」

リディアに埋め込んでいると、アンジェが悩ましい声でねだってくる。

二人は、牝の本能に身を任すばかりであった。

早くもヨルンが復活してきた。ヨルンの巨棒は完全に硬度を取り戻している。いや、口唇奉仕させていた時よりも、一層膨張していた。

ヨルンは、上にいるリディアの腰を持ち上げ、位置をずらせた。リディアの秘核を刺激しながら、アヌスを揉《も》みほぐしている様だ。

「はっ、はっ！　あぁぁっ！」

「あ、あうっ、うっ！　はぁ、はぁ、んあぁっ！」

部屋の中が、四人の火照った体温を含んで熱を帯びてきた。

「はっ！　ひっ！」

アンジェが短い悲鳴を上げた。ヨルンがアンジェの尻穴を挿し貫いた様だ。

「ああっ！　あはぁぁっ！　いい、すご……くっ、いいっ！」

リディアの声が高くなってきた。ブルブルと震えるアンジェの背中越しに見たリディアの口元は、愉悦のためだらしなく開いており、そこから涎《よだれ》が伝っている。もう完全に快楽の虜《とりこ》となったその顔を見下ろしながら、私は一際大きく腰を振った。リディアの秘洞はジュブジュブと湿った音をたて、中から粘液を溢れさせる。

ヨルンは、アンジェのアヌスを好き放題に貫いていた。

「いやあぁぁっ！　やっあああっあああぁぁぁんっ！」

アンジェは『いや』と叫びながらも、その中には甘美な響きを含ませている。

「あぁぁ！　し、締まる……っ！」

ヨルンが、感極まった様な声を上げた。

「ハァ、ハァ……そうだろうな。何しろアンジェは、そっちの穴は処女だろうからな」

私はそう言いながら、リディアの中に納めた肉塔をズブリと動かした。

「し、神父様……もっと……っ！」

リディアは、それでも更に求めてくる。

室内は、二人の女の激しい歓喜の声と、肉と肉とがぶつかり合う凄《すさ》まじい音とで、轟然《ごうぜん》としていた。

「ああっ！　ああっ！　あっ！　はっ、うあぁぁぁぁぁーーっ！」

「はあっ！　いいっ！　はぁぁっ！　んひあぁぁぁぁぁーーっ！」

二人の口から絶頂の叫びが迸《ほとばし》った。ほどなく、私とヨルンも灼熱《しゃくねつ》のマグマをリディアのヴァギナとアンジェのアヌスに解放する。部屋の熱気はいや増すばかりであった。

それからも私達は数え切れない程、肌を重ね合わせた。夜が明けるまで……。

ヨルンがアンジェの時は私がリディア。私がアンジェの時はヨルンがリディアを……。

相手を交換しながら、何度もその体内に熱い体液を注ぎ込んだ。

絶頂を告げる声が幾度も幾度も空気を震わせ、飛び散った汗や粘液が床といわず肌といわず降りそそいだ。

やはり、私はこうでなくてはならない――。

何度も発射しながら、私はそう考えていた。笑顔に惑わされたり、嫉妬を覚えたりする私は、私ではないのだ。

その日の背徳の宴は、私に、とある決断を促した。

第6章　魔女容疑の生娘《きむすめ》

次の日は、さすがに寝過ごした。起床したのは、正午を少し回った頃《ころ》であった。幸いにして来客などは無かった様である。

教会の神父がこんな所を町の人に知られるとまずいな――。

私《わたし》は苦笑しながら、まだ眠気の残る頭を軽く振った。

身支度を済ませると、私は早速町に出かける事にした。懐に忍ばせた物を確認して……。

暴漢から助けてやったが、あれ以来、エミリの様子はどうだろう――。

普段ならあちこち寄り道をするのだが、その日は真っ直《ます》ぐに道具屋に赴いた。

「いらっしゃいませ……」

エミリの声に、いつもの元気さは無かった。無理も無いだろう。最悪の事態は免れたものの、男を知らない少女があんな目に遭《あ》わされたのだから。

「あ……！　し、神父さまぁ～……」

そう言ったエミリは、頬《ほお》を染めた。それは、あんな所を見られた恥ずかしさ、というものからきたのではなく、ある種の特別な感情からきたものの様に、私には見えた。

「あ、あの……ありがとうございました」

「……何の事だ？」

私は、反射的にボケてみせてしまった。どうしても、この娘といると、いつもの私らしからぬ行為を取ってしまう。

「もう、とぼけないで下さいよぉ！」

すかさずツッコンできたエミリの声には、いつもの張りが戻っていた。少し心がチクリとする。つい、もう少し早く助けてあげれば良かったかな、などと考えてしまう。だが、私は私でないといけないのだ。私は、強く頭を振った。

「神父さま、どうなさったんですか〜？」

エミリは怪訝《けげん》そうに尋ねてきた。

「いやなに、神に仕える者として、当然の事をしたまでだ」

神に仕える……。私は自嘲《じちょう》を禁じ得なかった。無論、心の中でだが……。顔には既《すで》に、『いつもニコニコして優しい神父さま』という仮面を付けている。

「あの時は、ろくなお礼も言わずに……すみませんでした。気が動転していたもので……」

そう言ったエミリは、瞳《ひとみ》を潤ませていた。やはり、特殊な感情がこもっている様に思えて仕方無い。

「それにしても、神父さまって、お強いんですね！」

半拍の間を置いて、エミリは言った。エミリは、耳まで真っ赤に染めている。語調には、感嘆以外のものが含まれていた。まずいな、と私は思った。神の名を利用して好き勝手やるためには、町人達《たち》の信頼は必要だが、それ以上の好意など私には必要が無いのだ。

それはさておいても、別の意味でもまずい。私が喧嘩《けんか》したなどと言い触らされたら、私の信用が落ちかねない。しかも、本性丸出しの喧嘩だったからな。

「あ〜……エミリ？」

「はい？」

「あの事は絶対、秘密にして欲しいんだ。神父が暴力を振るったなどと知られては、立場上、その……困るからね」

「……えーっと。解《わか》りました！　あの夜の事は、二人だけのヒミツです！」

エミリの語尾は、跳ね上がっていた。数瞬絶句する私に、ニコッと笑いを向ける。まるで、天使の微笑《ほほえ》みだ。それにしても……。

何かひっかかる言い回しだ。誰《だれ》かが、今のセリフを聞いたら誤解するぞ、絶対——。

私は、自分の体重が一挙に重くなった様な錯覚を覚えた。自分を支える両の脚が、重力に負けそうになる思いであった。

いずれにせよ……。

ここで、気持ちを変えては、私の実存そのものが問われる——。

溜息《ためいき》をつきながら、私は棚に目を向けた。

「確か、棚に無い商品は奥にあるとか言ってたね」

「はい！」

私は、懐に忍ばせていた悪魔像を、服の上からそっと触れた。先任の神父が残して行った例の悪魔像である。

「ところで、買い物をしたいのだが」

「え？　本当ですかぁ～？」

エミリが素《す》っ頓狂《とんきょう》な声を上げた。考えてみれば、私がこの町に来てからエミリの店で買い物をするのは初めてなのだから、宜《むべ》なるかなである。

「私が何か買うのが、そんなにおかしいのかい？」

「い、いえ、そんな事はありませんよぉ。あ、あは、あはは……。で、何にします？」

エミリは誤魔化す様に笑った後、そう尋ねてきた。が、立派なものである。紅潮していた顔は元に戻り、仕事をする顔になっている。それでも、笑顔に含まれているものに変化は無かった。この娘の笑顔は、本当に純粋なものなのだろう。商売とかは抜きに……。

「そうだな。……縄と蝋燭《ろうそく》をくれないか」

またもや頭にもたげてきた私らしからぬ考えを打ち消す様に、私はそう言った。

「はぁ？」

エミリが怪訝そうな顔をした。心無しか、目元が赤らんでいる。

「いや、引っ越して来たばかりなものだから、家具回りなんかも色々と足りなくてね」

「……あ。あっはは。そ、そうですよね、あはは」

エミリは空笑った。何か別の事を考えていたのかも知れない。妙な知識だけは、あるみたいだ。

「……えーっと、な、縄とロウソクは、奥にありますから、取って来ますね」

エミリは、店の奥へと姿を消した。それはそうだろう。わざわざ、棚に無い物を注文したのだから。

私は、棚の隅の方、商品と商品の間に悪魔像をそっと置いた。

「お待たせしました、神父様。どうぞ。縄とロウソクです」

「ありがとう。さて、私はこれで失礼させてもらうよ」

私は、お金を払って店を出た。

「ありがとうございましたぁ～！」

エミリの溌剌《はらつ》とした声が、何故《なぜ》か胸に突き刺さった。背を向けている筈《はず》なのに……。

だが、これでいい……。後はその時を待つだけだ――。


「こんばんは」

「……あ。こんばんは、神父様」

ジェシカは、いつもと変わらない、もの静かな表情で私をじっと見ていた。

あの夜、セレナの旦那《だんな》と一緒にいた事は、本当に偶然なのか……。

日が暮れてから、それが気になった私の足は、気が付くと森に向かっていた。いや、森に来てしまった理由はそれだけではないのかも知れないが……。

果たして、そこには、ジェシカがいた。それで、ジェシカと私は向かい合っている訳である。

暫時《ざんじ》の逡巡《しゅんじゅん》の後、私はジェシカに尋ねてみる事にした。

「ジェシカさん……」

「……はい？」

「聞きにくい事なんですが……」

「……あの夜の事ですか？」

ジェシカの方から、話を振ってきた。

「ええ……。ここで、セレナさんの夫と会ったのは偶然なのですか？」

「………」

ジェシカは、憂いを含んだ眼差《まなざ》しをじっと足元に向け、黙り込んだ。やはり、聞くべきではなかったのか？　私の心の中に、そんな考えが一瞬過《よ》ぎった時、ジェシカが静謐《せいひつ》な瞳を私の方へと向けて言った。

「もし、偶然ではないと言えば？」

「あの男は、仮にも他人の夫です。その男と、未亡人である貴女《あなた》が夜の森で二人っきりでいたのでは……。ただ会っていたではすまされない」

言ってしまってから、私の心に自嘲の笑いがこみ上げてきた。何のためにそんな事を聞いたのか？　ジェシカにセレナの夫といた事を問い質《ただ》して何になる——？

ふと目を上げると、ジェシカが、真っ直ぐに私の目を見つめている事に気がついた。哀《かな》しげで、それでいて澄んだ瞳だ。私は、思わず、ジェシカの視線から目を逸《そ》らした。

唐突に、ジェシカが言葉を紡いだ。

「……貴方《あなた》は……どれが本心なのでしょう？」

「何……っ？」

「何処《どこ》まで……他人を……そして自分自身を偽っているのです？」

「…………ぅっ！」

私は絶句するしかなかった。

「……今夜のところは、これで失礼します」

「あ……」

踵《きびす》を返した私の背中に、ジェシカの聞き取れるか聞き取れないかという程、小さな声が引っ掛かった。私を引き留めようとするかの様な声だった。私は、それを振り切り、その場を後にした。

ジェシカの目はまるで、私のやっている事を全《すべ》て見透かしている、いや、私の心の奥深くまでを全て見透かしている——。

そんな気がした。

「神父様！」

その夜の事だった。ヨルンが、慌てた様子で、私の部屋にやって来た。

「ん？　どうした？　騒々しい」

「それが……町の人達が……」

私は、礼拝堂に行ってみた。邪魔くさいが仕方が無い。

行ってみると、数人の人間が礼拝堂にいた。

「神父さま……」

その声に、私は目線を下げる。

「エミリ？」

そこには、後ろ手に縛り上げられたエミリが、町の住民の中に跪《ひざまず》かされていた。その顔には、怯《おび》えの影が色濃く射し、今にも泣き出さんばかりであった。

「神父様、この娘が店で悪魔の像を売ってたんですよ」

跪くエミリの側《そば》に、悪魔像が転がっていた。勿論《もちろん》、私が店に仕掛けておいた物だ。しかし、その日の内に、あの罠《わな》が功を奏するとは思ってもいなかった。

「悪魔像？」

私は白々しく言った。

「そ、そんな物、売ってません！」

エミリは懸命に否定した。その顔は、衰容して見える。

町の住民の一人が、そんなエミリの否認を一蹴《いっしゅう》した。

「しかし、現にそうして悪魔の像があるじゃないか！」

「だって、だって……本当に！」

別の住民が畳みかける様に言う。

「ワ、ワシらだって辛《つら》いのだよ……。エミリさんを、こんな目に遭わさなければならないなんて……」

「そ、そんな……」

いつも生き生きとしているエミリが、今は怯え切った表情をしている。そういった表情もまた……いい——。

「……し、神父さま！」

私がそんな事を思っていると、エミリが私の方に顔を向けて悲壮な声を出した。その縋《すが》る様な瞳を見た時、私の中で、またもやチクリとした感覚が走った様な気がした。頭を二、三度、左右に振ってそれを追い払うと、私はその場の全員を見渡した。

「まあ待ちなさい。邪教徒かどうかは、私が調べます」

「し、神父さま!?　あたしは……」

その場で否定して欲しかったのだろう。エミリの声は、悲痛そのものであった。

「さあ、みんなも後は私に任せて、今夜はもう引き取ってください」

「……で、でも」

住民の一人が、口ごもった。まだ何か言いたそうである。

「神父様に、任せておこうや」

「……は、はい」

一番年長の者のその一言で、住民達は引き上げていった。エミリの事を心配する者もいた様だが、それだけかどうかは、私には判《わか》らない。

人間とは残酷な生き物だ。或《あ》いは、エミリが糾弾される所を見たかった者もいたのかも知れない。住民の中の何人かが、名残惜《なごりお》しそうな顔をしていたのは、そのためだろう。

どちらにせよ、『神父様に任せておけば大丈夫』という雰囲気があったのは、私にとっては好ましい事だ。こまめに町人達と触れ合ってきた甲斐《かい》があろうというものだ。もっとも、仮面越しの触れ合いではあるが……。

「……連れて行け」

町の住民が教会から出払うのを見届けてから、私は押し殺した声でヨルンに命じた。言うまでもなく、行き先は地下の拷問室だ。

靴音《くつおと》が、地下への階段に、不気味に響く。地下室の扉が、音を軋《きし》ませながら開いた。

「……こっ、ここ……は？」

暗く、ジメついた部屋の中へと通された時、エミリは息を飲んだ。その音は、私の耳を心地良く打つ。

「今から、ここで君の魔女容疑の真偽を確かめる」

エミリが、二、三歩後ずさる。

「あっ！」

後ずさったエミリが、何かにつまずき床に倒れ込んだ。エミリは、上半身を縄で束縛されているため、躯《からだ》の自由が効かず、起きあがれずにもがいている。その様子を見ていた私は、面白い趣向を思いついた。

「……なかなかいい格好だな」

私は、ゆっくりと、エミリに近づいた。

「……な、何を……なさるんです……か？」

エミリは、声を震わせている。

私は、住民達による縄の縛《いまし》めから、エミリを解いてやった。エミリの表情に、安堵《あんど》の色が浮かぶ。が、それは一瞬の事だと、エミリは知る由もなかった。

「……動くなよ」

私はそう言うなり、エミリを再び縄で縛り始めた。

二つ折りにした縄で輪を作り、それを首にかけ、股間《こかん》を通して背中へと回す。背中の縄は、首の所の輪に通し折り返しにする。そこで手首を一つに縛り、縄を二手に分ける。それを引き上げ、肩口を通して、両方の胸にクロスさせる。更に乳房の上端と下端に横縄を通す。こうすれば、縄は股間を刺激し、尚《なお》かつ乳房が縄で押し出される格好になるのだ。

私はその上、二の腕と両足首も縛り上げた。手首、両の二の腕、両足首、合わせて五本の縄尻《なわじり》を一つにまとめ、天井から下がっているフックに掛けた。フックは鎖に繋《つな》がっており、取っ手を回すと引き上げられる仕掛けになっている。

私は仮借無く、取っ手を回した。鎖が天井に吸い込まれて、縄がギリッギリッと締め付ける様な音を立てる。それにつれ、エミリの躯が徐々に持ち上がっていった。

「うっ……くっ……」

緊縛されたエミリは、完全に吊《つ》り下げられた状態になった。エミリ自身の重みで、縄が衣服の上から食い込み、食い込んだ隙間《すきま》から衣服がはみ出している。

縄は揺れ、ギシギシと縄同士が擦《こす》れ合う音を立てていた。衣服越しとはいえ、柔肌に固く縄が食い込んでいるのだ。相当痛いに違いない。縄が揺れている間、エミリは苦痛に呻《うめ》いていた。

「くっ……はぁ……っ！」

やがて揺れは収まったが、それでも、エミリは苦しそうに息を吐いている。

「どうだ？　縛られ心地は？　その縄は、つい最近まで、君の店で売られていた物だ」

「っ……う……苦し……うっ！」

私の問いかけにも、エミリは苦悶《くもん》に喘《あえ》ぐばかりだった。

「神父さま……どっ……どうしてこんな……」

「エミリ……君に悪魔信仰者の容疑がかかっているのは解っているね？」

「だ、だって、あたしは……そんなのじゃありませんっ！」

エミリは、苦しそうな表情を浮かべながら、自分の容疑を必死の様子で否定する。

「……これは、それを確かめるための審判なんだ」

「し……審判……って……」

「つまり、魔女審判って事さ。これから……私達が君に屈辱をたっぷりと与える」

「く、屈辱……って、そんな……」

「君が想像している事で間違いないと思うよ。それが嫌なら、悪魔の力を借りてでも逃げる事だ。すなわち、これに最後まで耐えれば、君が悪魔信仰者ではない……という事だな。悪魔信仰者だとみなされたくなければ、その身をもって、自らの潔白を証明してみろ」

私は、解り切った事であるが、あえて尋問してみた。

「君が店で悪魔像を売っていたというのは本当なのか？」

「そんなの……。そんな事するわけが……」

エミリは否定した。アレは私が置いた物なのだから、当然の事だ。が、そんな事でやめてやったりはしない。なにしろ、全てはコレのためにやった事なのである。私は、宙吊りのエミリをそっと押してやった。縄が軋み、エミリの躯がゆっくりと揺れる。歯を食いしばって耐えるエミリの躯を再度押す。エミリの口から苦痛の悲鳴が迸《ほとばし》った。

「正直に答えた方がいいぞ。まあ、これから躯でそれを証明してもらうまでだ」

衣服ごしの緊縛というのも悪くないが、そろそろ地肌に直接といきたい所だ——。

そう考えた私は、冷淡に言い放った。

「さて、そろそろ次の段階にうつろうか……」

私は、机の上にあったハサミを手にとり、刃先をエミリのスカートの裾《すそ》に合わせた。ハサミを動かす手に力を込める。

——ジョキ……ジョキ……ジョキ……。

ハサミの刃と刃が擦れ合う音が、私の嗜虐心《しぎゃくしん》を昂《たか》めていく。私は、恐怖と屈辱に打ち震えるエミリの肌と衣服の間に刃先を差し込んだ。縄を避けて布地だけを、時間をかけて切り裂いていく。細切れになった布が、一枚、また一枚と床にハラハラと舞い落ちた。

エミリは、頬を真っ赤に染めて、目に涙を浮かべていた。この様な格好で、他人の眼前に肌を曝《さら》している。これでは、どんな娘でも恥辱を覚えて当然だ。

エミリの躯を支える縄の間から、瑞々《みずみず》しい肌がはみ出していた。掌《てのひら》に丁度収まるぐらいの乳房は、緊縛された縄から絞り出されており、実際の大きさより大きく見えている。まだ幼さの残る陥没気味の乳首が、その痛々しさを強調していた。

強く縛られたエミリの乳房は、血行が途絶えているのか白くなっていた。息苦しさと恥辱が相俟《あいま》っているのだろう。それとは、対照的に、躯の他の部分は赤く染まっている。苦痛と汚辱に歪《ゆが》むエミリの顔。そこには、いつもの明るく快活な笑顔など微塵《みじん》も無い。私は、その表情をもっと楽しみたいという欲求に駆られた。

今まで見た中で一番いい顔だ――。

私は、吊り下げられたエミリを、一層高く上げた。そして、エミリの太腿《ふともも》の付け根を舐《な》め上げる。私の舌から逃れようとしたエミリが、その拍子にバランスを崩し、海老反《えびぞ》り状態になった。丁度、私の眼前に来たエミリの両足の間に顔を埋め、下着越しにエミリの局部に舌を這《は》わせる。

「あぁぁーっ！　ううぅっ！」

「どうした？　ちゃんと直接アソコを舐めて欲しいか？」

そう言って、私はソコを舐め続けた。その間に、ヨルンがエミリの躯の下に回り、乳首を摘《つま》み上げ、こねくり回す。エミリの乳首が、みるみる充血してきた。

「あ、ああっ！　い、痛いっ！　やめてぇーっ！」

私はヨルンがエミリの乳房をこねくり回している間、エミリの下着にもハサミを通した。下着が切り刻まれ、エミリの秘苑《ひえん》を隠すものは、股間に通された縄だけになる。

「さて……頂かせてもらう前に、参考までに聞いておこうかな。中で出しても大丈夫なのか？　耐えてみせなければ、魔女と断定してやってもいいのだが」

私は、エミリの股間に食い込んだ縄をグイッとばかりに持ち上げながら、そう言った。

「だ、大丈夫です……。で、でも、あたし……」

「でも、なんだ？」

「は、初めてなんです……」

エミリは、消え入りそうな声で言った。

「ほう、処女か！」

既に知っていた事だが、エミリを辱《はずかし》めるべく、ことさらにそう言ってみせた。

「それなら、まず男のモノを味わってみる事だな」

エミリの前に行った私は、自らの剛直を曝け出した。エミリにとって初めて目にするであろう反り返り切ったソレは、さぞや禍々《まがまが》しく映ったであろう。

私は、その剛直をエミリの口内に無理矢理捻《ね》じ込んだ。剛直が温かい感触に包まれる。

エミリは愛らしい唇を目一杯開け、未知の器官の侵略を懸命に堪《こら》えていた。宙吊りのエミリがユラユラと揺れ、自然に剛直が口内を出挿《では》りする。その度に、エミリの口内粘膜のぬめりが、私を愉悦へと導いていった。

　縄がギシギシと軋み、益々《ますます》、エミリの柔らかい肌に容赦無く食い込んでいった。腕に、腰に、ぷっくりと摘み出された乳房に、そして、秘処の亀裂の奥へと。目の前でゆらりゆらりと揺れる白い肌。私は、瑞々しい肌が固い縄に締め上げられていく様を見ながら、エミリの口内の感触をじっくりと堪能《たんのう》した。

「ほら、もっと強く吸い上げて！」

「うう、うぅぅ、ぅぐ……っ」

「舌も使うんだ。そうそう、初めてにしては上出来じゃないか」

「んごっ、んぐ、ちゅぽ」

「どうだエミリ？　男の味は？　こたえられまい？」

　エミリの口内を蹂躙《じゅうりん》しながら、私は蝋燭に火を灯《とも》した。

　それをエミリの目の前に突きつける。エミリは、目を見張って、もがこうとした。しかし、それは、吊り上げられたエミリを余計に揺らせる事になり、私の剛棒に快感

をもたらすだけであった。

「どうだ？　これもエミリの店で買った物だぞ」

エミリの臀部《でんぶ》に、ポタリポタリと赤い斑点《はんてん》が散りばめられる。白い肌に、まるで赤い花が咲いていているかの様だ。それは、たいそう美しく思えた。

私は二つの花咲く丘に、左右の手をやった。臀部を覆い隠す様に置いた手で、揉《も》みしだく。双丘を左右に押し開くと、エミリの肌の上で固まっていたロウが数片、パラリと剥《は》がれて落ちた。

「もう一度、花を咲かせてみようか」

エミリの尻に、再び蝋燭を垂《た》らす。

「ムグウウウゥッ！」

エミリは、私の肉棒を口に含んだまま、痛苦の声を上げた。蝋の熱さで悶絶《もんぜつ》するエミリの声が、表情が、私の淫欲《いんよく》に拍車をかける。私はエミリの口内に肉棒を含ませたまま、腰を揺さぶった。限界が迫ってきた。

「しっかり受けとめろよ、エミリ」

私はエミリの口内に滾《たぎ》る体液を放出した。

「飲み干すんだ、エミリ！」

エミリの喉《のど》が、二度、三度、ゴクリと鳴った。飲み下し切れなかった体液が、エミリの唇から滴って落ちた。

私の責めは、エミリに休息の暇を与える事無く続いた。ナイフを取り出し、エミリを束縛している縄を断ち切っていく。ガクリ、ガクリと下がっていくエミリの躯を支える事もせずに、縄を一本一本切っていった。

縄を切る毎《ごと》に、縄にかかるエミリの自重が増す。更に、切った反動で宙吊りの躯がギリギリと回転し、エミリが苦痛に喘ぐ。私は、残虐な笑みを浮かべ、その様を楽しみながら、エミリを縛めから解いていった。

やがて、エミリは全ての縛めから解放された。ヨルンにエミリを持ち上げさせ、私は寝そべる。私の位置からは、エミリの女芯《にょしん》が丸見えだった。まだ男を受け入れた事のないエミリの秘処は、初々《ういうい》しいものだった。薄い色合いのラビアが控えめに覗《のぞ》いている。

ヨルンは、私の剛直の上にエミリを降ろしていった。エミリの躯が少しずつ下がり、花芯が私のいきり勃《た》った剛直に近づいてくる。そして、直接肉と肉とが触れ合った。

「んっ……う……」

「今から、そんなに力を入れていては、モノは入らないぞ」

エミリの肉襞《にくひだ》が、私の先端でグリッと押し広げられた。

「あ……うっ！　い、痛い……っ！」

私の剛棒が、エミリの肉壺《にくつぼ》を掻《か》き分けながらめり込んでいった。先端に感じた処女膜の抵抗をも突き破り、私の剛棒は完全にエミリの中へと埋没する。エミリの初めて男を受け入れた部分が、私の剛棒をギリギリと強く締め上げた。

私は、じっとしたまま躯中に力を込めて震えるエミリの顔を眺めた。ふだん見ていたあどけない顔とは別の、オンナとなった瞬間の顔が、私の肉欲をそそる。

エミリの肌を見ると、そのあちこちに赤い線が走っているのがやたら目についた。さっきまでその肌を締め上げていた縄の痕《あと》だ。

私の心の中が、充実感に近い、何とも表現出来ない感情で満たされていくのを感じた。

「ははっ。さすがに締まる」

「く……ぅ……い、痛……あぁぁ……っ！」

私と繋がっているエミリの秘部が、破瓜《はか》の血でまみれている。私はその血を指先で掬《すく》い上げ、エミリの頬にぬりつけた。

下からゆっくりとした突き上げを開始すると、エミリの中の感触がよく判った。

暫《しば》らくエミリの肉襞の感触を堪能した後、私は本格的に突き上げ始めた。

「い、痛いッ！　痛っ！　お、お願い……ぐッ！　まだッ！　も、もっと……ゆっくり……やめッ！　ひッ！　や、やめて……裂けるっ！」

私は、エミリの哀願に構わず、ただひたすら腰を突き上げた。ウネウネとうねる膣壁《ちつへき》が、私の肉棒に圧迫感とともに快感をもたらす。

私の腰の辺りに痺《しび》れる様な感覚が集まり始めた。私の腰の動きが、更に激しく、速く、大きくなる。

「ぐッ……は……ああっ！　ふぁぁぁんっ！」

喪失の呻きが、断続的にエミリの口から発せられる。まるで、私の与えた衝撃がエミリの体内を突き抜け、そのまま口から外に飛び出すかの様だ。私は、その反応をもっと引きだそうと、際限なくエミリの秘処を突き上げた。

私の痺れは、一層強くなってきた。やがてそれは一点に集まる。私は、それがエミリの膣内に迸ろうとした瞬間、剛直をエミリの奥へ深々と沈め込んだ。

「く……うっ！　あ！　ああっ！」

煮え滾った溶岩をエミリの体内に注ぎ込んだ瞬間、エミリが悲鳴に似た驚愕《きょうがく》の声を上げ、ガックリとなった。

「よく最後まで耐えたな。まあこれで、エミリが悪魔信仰者ではない事は判った。明日からは、元の生活に戻れるぞ」

縛られたまま力無く横たわるエミリの肉壺から、今し方放たれたばかりの体液が逆流してきた。垂れ流れるその白い液は、エミリの裏腿までをもベトベトに穢《けが》していった。

「ヨルン、エミリに何か着る物を……」

ヨルンから衣服を受け取ったエミリは、何も言わず、フラフラした足どりで教会から出て行った。

第7章　隷属人妻狩り

また、来てしまった――。

私《わたし》は心中、そう独りごちた。

静寂と闇《やみ》が、私の躯《からだ》を包んでいる。まるで、私をその闇の中へと誘うかの様に……。

ジェシカはいなかった。考えてみれば、私は彼女の住む小屋というのが何処《どこ》にあるのか知らないのだ。

ジェシカは何処に行ったのだ――？

石の上に腰を降ろし、草の葉一枚を手に取って独り呟《つぶや》く。自然、草に話しかけている自分に気付いた。草に話しかけても、答える訳も無い。私は苦笑して、葉っぱを風に乗せた。

その時だった。

「……っ！　な、何だ⁉」

動悸《どうき》がし、背筋に悪寒が走った。森の奥から存在感の様なものを感じる。こんな感覚は初めてだ。それは、私を呼んでいるかの様であった。

私は、草木をかきわけ、森の奥に入って行った。どれくらい、歩いただろうか。私は、その場所のすぐそばまで辿り着いた。

「ん……？　あれは……？」

森の茂みの向こうで、一糸纏《まと》わぬ男女が絡み合っていた。草木が邪魔なのと乏しい月明かりのため、誰《だれ》と誰なのかはよく見えないが、二人の激しい息づかいが聞こえてくる。

第７章　隷属人妻狩り

「……ぁ……ぁ……いい……」

「ぉ……ごぉ……がぁぁ……！」

女が男の上に跨《またが》っていた。男は野獣の様な咆哮《ほうこう》を上げ、憑《つ》かれたかの様に、腰を滅茶苦茶に突き上げている。

一体、誰なんだ？　男の方は尋常じゃないぞ――。

男の顔が見えた。

あの男、セレナの旦那《だんな》じゃないか。女の方は、セレナか？　それともジェシカ⁉　それにしても、私の感じた感覚は何だったんだ――？

と、その時、女の躯が仄《ほの》かに光り始めた。光が、どんどん強くなってくる。

――ヴーン……パチ……バチ、バチッ！

何かが振動する様な音、それに混じって、弾《はじ》ける様な音が聞こえた。女の躯から稲妻の様なものが発せられ、それは、光の束となる。

私はもっと近づいて、よく見ようとした。

――バキッ！

「しまった！」

思わず身を乗りだした私は、足元に落ちていた小枝を踏み折ってしまった。

セレナの夫の上に跨っていた女に気付かれてしまった。女の躯から放たれていた光が消える。その女は、素早く立ち上がったかと思うと、そのまま上に向かって跳躍した。

――ガサガサガサッ！

木の枝の中を女が突き抜けて行った。その直後、まるで女が行方をくらますのを手伝うかのように、凄《すさ》まじい突風が私の身体《からだ》に吹きつけられる。木の葉が舞い、木々が揺れざわめいた。

辺りが静けさを取り戻した時、その場には、私とセレナの夫だけが残されていた。

「……今のは……夢……じゃないな。あれは……魔女……なのか？　……普通じゃないのは確かだ」

私は、地面に倒れたままのセレナの夫に目をやった。どうやら気を失っている様だ。もっとも、先程から正気を保っていたかどうか、怪しいところではあるが。

「……魔女……か」

まあ、それはそれとして……。この男……使えるかも知れんな――。

私はセレナの夫を教会に連れて行き、彼の身柄を確保した。

息急《いきせ》き切ったセレナが教会に現れたのは、それから半時ほど後の事だった。

「神父様、お願いです。あの人を……夫を返して下さい」

教会の祭壇《さいだん》にいる私の目の前で、必死に懇願するセレナが、縋《すが》る様に私を見つめていた。

私の思惑《おもわく》通りであった。私が神父になってからこの様な表情を幾度見た事だろう。その中でもセレナの哀切の眼差《まなざ》しは、この上なく私の獣欲を掻《か》き立てた。

ここまで来れば、もう貰《もら》ったも同然だ。蝋燭《ろうそく》の炎に煌《きら》めく潤んだ瞳《ひとみ》に、私の剛棒を見せつけてやれば、どんな表情をするだろうか。しなやかに動き言葉を紡ぎ出す艶《つや》やかな唇に、私の剛棒を咥《くわ》え込ませて、たっぷりと熱い迸《ほとばし》りを飲ませてやる。こうして見ると、なんて可憐《かれん》な人妻だろうか。もうすぐ、全《すべ》てが手に入る——。

「セレナさんには悪いのだが、私は彼が魔女と交わっている所を目撃しているんだ。ここまでくると、もはや悪魔信仰の容疑などではなく、確定の域に達しているとしか考えられまい？」

「そ、そんな……。お願いです！　悪いのはあの人じゃありません！　悪いのはあの女なのです。あの人は騙《だま》されて……」

「あの女？」

「あ……」

思わず口が滑ったのだろう。セレナは、しまったという風に口ごもった。

なるほど知っていたのか……。それなら、夫の姿を求めてセレナが森の中を探し回っていた事も納得がいく。とすると、やはりあの時の女はジェシカなのか……？。

「今の口ぶりからすれば、貴女《あなた》はあの事を知っていたのだね？」

「わ、わたしは……」

「魔女の事を知っていて、今まで黙っていたというのは……。見逃せないな」

私とヨルンは、セレナを半ば引っ立てる様に、地下拷問室へと向かった。

「こ、ここは……」

セレナは固い表情をしていた。自分の置かれた立場を考えれば、そしてこの部屋の様子を見れば、当然の事だろう。

「今から、ここで貴女の魔女審判を行う。私達《たち》は神の御使いだ。その私達の言う通りにすれば、貴女の魔女容疑は晴れるが……」

「そ、それであの人の……夫の容疑は晴れるのでしょうか？　それだったら……。わたし、どんな事でもします！」

「それは……終わってみなければ判《わか》らない。だが、このまま貴女が拒否すれば……。その時は二人とも悪魔信仰者、決定だ」

「……わ、解《わか》りました。で、何をすればよいのですか？」

セレナには、私の言う通りにするしか選択肢《せんたくし》は無かった。私は、セレナに服を脱ぐ様に要求した。さすがに、絶句に近い短い声を上げ、セレナは躊躇《ちゅうちょ》する。

「聞こえなかったのか？　『服を脱げ』と言ったのだ」

私は畳み込む様に、もう一度命じた。

セレナは、押し黙ったまま、服に手をかけた。私とヨルンの見守る前で、顔を伏せたセレナが、自らの手で一枚一枚衣を脱いでいく。

セレナの胸の双球が露《あら》わになった。砲弾を思わせるふくよかな膨らみだ。双球の大きさの割りに小さめの乳輪は、意外にも、まだ淡いピンク色をしている。だが、双球の頂点にある乳首は、熟《う》れた人妻らしくポッテリとしたものであった。

ショーツとストッキングを残した所でセレナの手が止まった。

「お、お願いです……こ、これ以上は……」

セレナは、恥辱にまみれた表情で哀訴した。

「フン、そのままでいい。あの木枠の上に寝転がってもらおう」

私の示した所に、木で四角く組まれた人間大の枠が床に置かれている。四隅には、それぞれ手枷《てかせ》、足枷が備え付けられ、枠自体には天井から吊《つ》り下がった鎖が繋《つな》がれているという代物である。

セレナは言われた通りに、そこに寝そべった。ヨルンが、横になったセレナの四肢に枷をはめる。セレナは、枠の上に大の字になった。足を大きく開いた状態となり、セレナの表情には戸惑いと羞恥《しゅうち》の色が現れている。

私はセレナの手足が固定されたのを確認すると、壁にあるレバーを引き下げた。木枠へと繋がる鎖が天井に引き込まれていき、木枠の下部が持ち上がる。木枠が逆さまに直立し、セレナは、逆さ磔《はりつけ》の様な状態になった。髪は逆立ち、頭に血が下がり、セレナは辛《つら》そうな顔をしている。美しかった乳房が、その重みで形を崩している。その光景は、何とも扇情的であった。

「苦しいかね？」

「い……いいえ」

「それでいい……。美しい……。セレナ、貴女の様に美しい人が、あんな男の物だとは残念だよ」

セレナは私の食い入る様な視線に気がつき、恥じらう様に呟いた。

「そ、そんなに……見ないで……」

「黙れ。私は神の代行者なのだ。すなわち私の行為は神の行為なのだよ。貴女は自身にかけられた容疑を晴らすために、私の行為を受け入れなくてはならない。解るだろう？」

私は、セレナの乳房をゆっくりと揉《も》みしだいた。掌《てのひら》に力を入れると指が乳房に包み込まれる様に沈んでいき、力を抜くと柔らかな弾力に優しく押し戻される。頂点にある乳首を指で摘《つま》み上げると、瞬く間にさくらんぼうの様にプックリとしこってきた。

「このコリコリしたのは何だ？　気持ちいいのかね？」

「ち、違いま……ひぃっ！」

私は、セレナの言葉が終わる前に指先で乳首を弾いた。

「気持ちいいのだろ？」

「……は……い」

「それでいい……」

私はセレナの股間《こかん》に目をやった。絹の下着が、恥丘から股間にかけて、こんもりと盛り上がっている。肉厚な丘が薄布の下で、その存在を誇示しているかの様であった。

「邪魔な布切れだな」

セレナの股間を守っていた最後の砦《とりで》に手をかけると、私は力任せに引き千切った。セレナの隠花が曝《さら》される。赤ワインを濃くした様な色の発達した花弁が、大きくはみ出ている。肉芽も大きく、その姿を包皮から半分ばかり覗《のぞ》かせていた。

秘蜜《ひみつ》が溜《た》まっている花弁を捲《めく》ると、内側にもホクロがあった。私は新雪に足を踏み入れる気分で、セレナの秘部にそっと手を触れる。途端に秘蜜は銀の滴となって、腹部へ流れ落ちていった。

私は、セレナの淫孔《いんこう》を押し広げた。入り口が菱形《ひしがた》に広がり、内側の粘膜が露出する。中の蜜液がテラテラとした水銀の様な光沢を放ち、赤くぬめる膣口《ちつこう》をより淫靡《いんび》に見せていた。

「ふふふ、中の肉まで丸見えだぞ」

私は、セレナの淫核《いんかく》にむしゃぶりついた。生々しい牝《めす》の匂《にお》いが口中に広がり、私は激しい昂《たか》ぶりを覚える。みるみる内に、充血した淫核が、包皮から完全に姿を現した。

私自身も身に付けていた物を脱いで、裸体でセレナに向かい合った。

「貴女にも誠意を見せてもらうよ」

猛《たけ》り勃《た》った肉筒をセレナの唇に押し付ける。が、セレナは瞼《まぶた》を固く閉じ、それを口に含もうとしなかった。

「どうした。誠意を見せてもらえないのかな？」

セレナは、無言のまま、唇を開いていった。私は、その隙間《すきま》に肉筒を捻《ね》じ込む。しかし、セレナの口唇奉仕は、なおざりなものだった。

「そうやって手を抜くのなら、自分で腰を使ってもいいのだぞ」

セレナは、慌てて肉棒をさかんに吸い立てた。吸いながら、ちゃんと舌も絡ませてくる。唇は根元を締め付け、舌はうねる様に肉棒全体を這《は》い回《まわ》っていった。さすがに人妻だけあって、そこそこの舌技は心得ている様だ。

――ちゅる……じゅっ、じゅる……くちゅ、ぴちゃっ！

私も段々と気分が昂まってきていた。

「そろそろ……出すぞ……。全部飲み干すんだ」

私はそう言うと、セレナの秘孔を指で激しく擦《こす》り、肉芽を前歯で軽く噛《か》んだ。

「んっ！　んふぅーーっ！」

セレナが剛棒を咥えたまま媚声《びせい》を上げた。それが私の剛棒を震わせる、セレナの口内の振動に誘われるかの様に、私は白濁汁を吐き出した。脈打つ剛棒から吐き出された液体が、セレナの口の中に溢《あふ》れかえり、私のモノにもまとわりつく。

「んぐぐ……ごくっ……ごく……っ」

セレナは何度も喉《のど》を鳴らす。ほとんどの体液が飲み干された後、私は肉棒を引き抜いた。

「神父様、これでよろしいのでございましょう？　……早く降ろして下さい」

息苦しさに喘《あえ》ぐセレナの口調には、明らかに軽蔑《けいべつ》の念が込められていた。

まだ、そんな態度が取れる内は許してやるわけにはいかない――。

「ふん、いいだろう。そんなに降ろして欲しければ、この上に降ろしてやる」

私は、部屋にある三角木馬を叩《たた》きながらそう言った。セレナの表情が慄然《りつぜん》となる。その表情に充足感を覚えながら、私はセレナを抱え上げた。三角木馬の上に降ろし、ついでに自分の体重を支えられない様手首を縛り、木馬の頭の部分に結わえる。

「ああっ……くぅぅ……神父様、お願いです……。どうか、どうか降ろして下さい……」

股間を苛《さいな》む木馬の痛みに耐えかねたのか、セレナは哀願する。そんなセレナに構わず、私は手首と木馬の首を繋いだ綱を引っ張った。セレナの上体が前に引かれる。木馬の背が

セレナの股間に一層食い込んだ。しかし、セレナは苛虐《かぎゃく》されながらも、秘処を濡らしている。セレナの躯が前後する毎《ごと》に、木馬の背は蜜汁でヌトヌトになっていった。私の嗜虐心《しぎゃくしん》に拍車が掛かる。

「こんなにいい腰つきをしているのに、子供がいないとはな。どうせ、ふしだらな行為に耽《ふけ》って不妊症にでもなったのだろう」

私はセレナの背後から、豊満な乳房を揉み上げながら、ことさらセレナを貶《おとし》める様な言葉を吐いた。

「そ、そんな！」

さすがに憤慨したのか、セレナは私を睨《にら》み付けた。

「ふん！　まだ自分の立場が解っていない様だな！」

セレナの腰を掴《つか》んだ私は、木馬から彼女の躯を浮かせた。ヌチャリという音を立て、セレナの股間と木馬の間に透明な糸が出来る。私は、セレナの腰から手を離した。

——ドスンッ！

——ヌチャッ！

「…………つっ！」

セレナは、股《また》を裂かれる痛みに声も上げられない様であった。躯を仰《の》け反《ぞ》らせて、激痛に耐えている。

やがて、その痛みも引いていったのか、セレナは力無く俯《うつむ》いた。セレナの頤《おとがい》に手をやり、顔を私に向けさせる。責め苦に弱り果てたセレナは、惚《ほう》けた様に朱も鮮やかな唇を薄く開き、瞳を潤ませていた。セレナの表情には、諦《あきら》めの様なものが浮かんでいる。その証拠に私が唇を合わせると、セレナは素直に受け入れた。舌を差し入れると、セレナの方からも舌を絡ませてくる。互いに口腔《こうこう》粘膜を舐《な》め合い、唾液《だえき》と唾液が交換される。私が唇を離すと、二人の舌の間に銀の橋が架かった。

「いいぞ。非常に美しい……」

私はそう言うなり、再びセレナの腰に手を回し、木馬の上で揺さぶった。セレナの淫裂が更に押し分けられ、粘液質な音を響かせる。セレナは身悶《みもだ》えながら、責め苦に耐えていた。だが、忍耐も限界にきたのだろう。

「し、神父様……。もう辛くて我慢が出来ません……。どうか、ここから降ろしてくださいまし……」

セレナは媚《こ》びる様にして私にせがんだ。

「ああ、いいだろう。そんなに降ろして欲しければ、この上に降ろしてやる」

私は、傍らに控えていたヨルンを指差した。座り込んだヨルンが屹立《きつりつ》したモノを剥《む》き出しにする。

「神父様のお望みのままに……」

セレナは、朦朧《もうろう》とした表情でヨルンの剛棒を見つめて、そう答えた。

私はセレナを抱きかかえ、ヨルンの上に降ろしていった。セレナの女芯《にょしん》は淫猥《いんわい》な音を出しながら、ヨルンの肉棒を何の抵抗も無くズブズブと飲み込んでいく。

最早、セレナは牝の本能の赴くままになっている様だ。ヨルンの肉棒を奥深くまで咥え込んだセレナは、自ら腰を使い始めた。

「あっ、ああ……おっきい……こ、この方の……おっきい……っ」

私は、セレナの両の尻《しり》たぶを押し開き、アヌスに剛直を宛《あて》がった。

「ふふふ……。さて私はこっちの穴をいただこうか」

「えっ！　あっ、そこは……ん、んんっ！」

「もっと力を抜くんだ、力むとかえって痛いぞ」

セレナの力が抜ける。すると、揉みほぐしたわけでもなく、唾液で潤滑させたわけでもないのに、セレナの尻穴に私の肉棒が埋まっていった。さすがに締め付けはキツイが、それでもスムースなものだ。

「こっちの穴も経験済みってわけか。あの旦那じゃな。さぞ乱暴に……ククックッ」

「ああッ……や、やめてください……そんな事……おっしゃるのは……」

セレナが顔をこちらに向け、怒った顔で抗議の言葉を発する。が、すかさずヨルンが下から突き上げた。憤りも忘れ、再びセレナは喘ぎ出す。二つの穴を二本の剛棒で塞《ふさ》がれたセレナは、自身の欲望にすっかり支配されている様であった。

結合部分に目をやると、セレナの肛門は肉茎の周囲でピチピチに張りつめていた。肉茎が引き出されると肛門の縁は竿《さお》にへばり付く様にしてプクリと膨れ、腰を押し出すと、肛門の縁はめり込む竿に巻き込まれる様にして、自らの穴に陥没する。

私は遠慮無く、セレナの尻に下半身を打ちつけた。ヨルンも仮借無い突き上げを続けている。ヨルンの巨棒がグリグリと動いているのが、薄い肉を通して私の剛棒に伝わってきた。私達の動きに合わせて、セレナの尻が上下に揺れる。

「はっ、あぅ……す、凄《すご》い、んうっ……っ！」

薄い肉壁越しにヨルンのペニスと私のペニスがぶつかり合う。セレナは体内で激突する二本のペニスに翻弄されて、盛んに尻を振っていた。

肉壁を通して、ヨルンの巨根が躍動するのが伝わってきた。

「はっ！　あひぃぃぃーっ！　ひぁぁぁーっ！」

ヨルンの放出とともに、セレナは心の中の何かが切れてしまった様な悲鳴を上げた。

同時に、セレナの後ろの窄《すぼ》みがグイグイと私の肉棒を締め付けた。背骨を貫く様なゾクゾクとした快感が走る。私も脈打つ肉棒から、煮え立つザーメンを、セレナの尻の中に、思いっ切り吐き出した。

「あ、うっ、ううっ、あっうっ！　イク……うぅーーっ！」

セレナは、絶頂の叫びをその口から迸らせ、そのまま失神した。

暫《しばら》くして、床の上に倒れていたセレナが目を覚ました。力無く身を起こし、濡れた瞳で私を見つめる。

「……こ、これであの人を……夫を解放してくれるんでしょうか？」

「さて……。どうしようか……」

私は勿体《もったい》ぶってみせたが、そのつもりはなかった。

「お、お願いですっ！　お願いですからあの人を……夫を解放してくださいっ！」

「駄目《だめ》だな。あの男を釈放する事は、まだ出来ない。今夜の所は、お引き取り願おう」

「そ、そんな！　だって、さっきは！」

「言ったろう？　『終わってみなければ判らない』……と」

「ひ、酷《ひど》い……」

セレナが何を言おうと、私は聞く耳を持たなかった。あの男がこちらの手にある限り、セレナは私に奉仕し続けなければならない。それに、セレナの夫と交わっていた魔女の事も気に掛かる。あの男は、まだまだ利用価値があるのだ。

私は、セレナの夫の命を握っているのは、セレナ自身だと言い聞かせ、彼女を帰らせた。

セレナは、ただ泣きながら教会を後にするしかなかった。

第8章　魔性の未亡人

夜空は概《おおむ》ね晴れ渡っていた。ただ一片の雲が月を覆い隠している。星の煌《きら》めきだけを頼りに、私《わたし》は町外れの森へと歩き続けた。

森に着いた。穏やかで一定した風が吹き続けている。頬《ほお》を撫《な》でていく風は、たいそう心地良かった。

この森は、いつ来ても静かだ――。

森には、風に揺れる草木の音と虫の鳴く声が聞こえるだけだった。

何だか、無性にジェシカに会いたい――。

そう思って、私が森までやって来たのもまた事実だった。しかし、今日はそれだけではなかった。

私は、ある『確信』を胸に、ここまで来たのだ。

ふと、空を見上げてみた。澄み渡った空に満天の星々が輝いていた。

月が雲で遮られている分、余計に星が冴《さ》え渡って見える。

わし座の首星と、こと座の首星が、とりわけ光って見えた。

アルタイルとベガ……か。それにしても夜空を見上げるなんて何年ぶりだろう――。

突然、風が止まった。虫も鳴きやむ。

辺りは、深い静寂に包まれた。

と、人の気配を感じ、振り向く。

「あら、神父様」

「……ジェシカ」

私は、絞り出す様な声で呟《つぶや》いた。

「今晩は」

「………………」

「……どうかなさいまして？　そんな恐《こわ》い顔をなさって」

そう言ったジェシカは、いつものジェシカだった。いつもの様に静かな物腰。いつもの様な哀《かな》しげな瞳《ひとみ》……。

私は『確信』をジェシカにぶつけてみた。

「セレナの夫を拘束した」

「……あの男性を……ですか？」

「ああ。魔女と交わっていた所を目撃したのだ。この森で、な……」

私の予想に反して、ジェシカの態度に変化はなかった。

ジェシカは、じっと黙ったまま、私を見て話を聞いている。

この森でセレナの夫と交わっていたのが魔女だと聞いても、顔色一つ変えず……。

「……そうですか。それで、町の方が騒がしかったのですね」

数瞬の沈黙の後、ジェシカは口を開いた。

ジェシカの瞳は、哀しみを湛《たた》えながらも、星々が瞬く夜空の様に澄み渡っていた。

ジェシカになら、全《すべ》てを話せそうな気がする。全てを話しても、ただ静かにそれを受けとめてくれる様な——。

「以前、私の本心はどれなのか……。そう言った事があったな」

私の心は、奥底まで汚れ切った汚泥の様なものだ。

汚泥であればこそ、腐敗もすれば発酵《はっこう》もする。さすれば、気体も生じよう。

汚泥で抑えつけられていた気体のほんの小さな泡が、汚泥の圧力を押しのけポカッと浮いてきた。

「……その通りだ。私は、いつも本音を心の中にしまっていた。まあ、行動だけは自分の欲望の赴くままだったがな」

その泡が私の意識の表面まで浮き上がり、パチリと弾《はじ》けた——そんな気がした。

「……私は今から……本音で話をしよう」

一陣の強い風が舞った。

木々がざわめく。ジェシカの長い髪がなびく。

ジェシカはスッと目を細めた。

そして、ジェシカは、まるで人の心を映す銀の鏡の様な眼差《まなざ》しを、真《ま》っ直《す》ぐに私に向けてきた。

「私はな、神への信仰などで神父になったのではない」

気が付けば、ジェシカに向かって、私の昔語りが始まっていた。

＊

ある所に、何の変哲も無い農村があった。小さく貧しい農村であった。

その村の一軒の農家に、仲睦《なかむつ》まじい夫婦がいた。夫の名はユージーン、妻の名はクリエといった。

「お前、よく頑張《がんば》ったなあ」

「可愛《かわい》い赤ちゃん……。貴方《あなた》に似ているわ」

「今年は教会も出来たし、俺達《おれたち》も子供を授かったし、素晴らしい年だなあ」

「そうね、貴方。でも、それより赤ちゃんの名前、どうしましょう?」

赤ん坊は、ルードと名付けられた。ルード少年は、貧しいながらも両親の愛に恵まれ、すくすくと素直に育っていった。ユージーン一家だけではなく、村中に笑顔が溢《あふ》れていた。人の心が温かい、住み良い村であった。

「今度来た神父さん、いい人だじゃあ」

「さすが、神様にお仕えする人だ。徳が高いやちゃ」

ルードが生まれた時に出来た教会の神父も、最初は村人達に歓迎された。怪我人《けがにん》が出れば手当てをしてやり、病人が出れば薬を分け与える。とりわけ、薬は貴重な物であったから、村人には喜ばれた。

純朴な村人達は、こぞってその教会に入信した。だが、村人達は純朴というより、浅薄に過ぎなかったと言わねばなるまい。何故《なぜ》なら、それは狡猾《こうかつ》な神父の策略であったからだ。敬虔《けいけん》なる神の使い。その仮面の下には、強欲で悪辣《あくらつ》な素顔が隠されていた。

神父は村人達に寄付を要求し始めた。寄付の額は、村人にとっては小さな金額ではなかった。が、決して払えない額でもなかった。

朴訥《ぼくとつ》過ぎる村人は、神父への恩義もあり、払わざるを得なかった。というより、おそらくは、ほとんどの村人は喜んで払ったのであろう。少なくともこの時点では。

いずれにせよ、それは寄付という名の徴収であった。

神父の寄付の要求は、増える一方であった。

教団の祭事、教会の補修、何だかんだ理由をつけて寄付を求めた。無論、結婚式や葬儀があると、それとはまた別にたんまりと金を取られる。

この神父が狡悪極まりなかったのは、どんなに寄付を求めても、村人が飢えて死ぬだけの額は取らなかった点であった。だから、村人は最低限だが暮らしていけた。

しかし、村の人間も馬鹿《ばか》ばかりではなかった。

このままでは、いくら豊作になっても、村は貧しいままだ――。

村の長《おさ》であるクロス氏が、村の将来の事を考え、神父に直談判《じかだんぱん》に行った。

クロス氏は、村の中で、金持ちでも何でもなかった。人望だけで長の座についた人であった。それほどの人が、いや、それほどの人であるからこそ、業《ごう》を煮やしたのである。

「神父様、どうかもう少し寄付の額を……。このままでは、村は貧乏なままです」

クロス氏は柔らかな物腰で、交渉を行った。

「それでも暮らしていけてるじゃありませんか。世の中には飢えて死ぬ人もいるのですよ。貴方がたが笑顔で暮らしていけるのも神のお導きのおかげなのです」

クロス氏が何を言っても、神父は『神』の御名を楯《たて》に話をはぐらかすばかりで、寄付金額を減らすつもりは全《まった》く無い様であった。

交渉は決裂に終わった。だが、クロス氏は最後まで物腰の柔らかさを崩さなかった。これは、さすがと言うべきであろう。

小さな村の事である。長と神父が寄付の事で意見の食い違いを見せたという話は、すぐさま村中に広まった。

長のクロス氏が病に没したのは、そのすぐ後であった。村人の中には、「神父様に逆らったせいではないか」と言う者もいた。しかし、これは単なる寿命であった。クロス氏は不治の病を患《わずら》っていた。現代で言う所の悪性新生物、即ち癌《がん》である。長は村人達に心配をかけまいと、自らの病を内緒にしていただけであったのだ。

長に次いで、村一番の富農であるグリーン氏が神父に抗議に行った。

グリーン氏は短気であるという欠点を有していたものの、自らの器を知る人物であった。本来ならグリーン氏が彼の富を背景に、村の長になる事も可能であったが、人望のあるクロス氏にその座を譲ったという過去を持っていた。それに、金持ちである事で村人を見下す様な事もしなかった。故に、村人にグリーン氏を悪く思う者などほとんどおらず、むしろクロス氏に次ぐ人望を得ている程であった。

グリーン氏に対しても、神父は同様の態度であった。

大方の予想通り、グリーン氏は激発した。それだけで辞典が出来るのではないかと思える程の罵詈《ばり》雑言《ぞうごん》を神父に浴びせたのである。

グリーン氏が事故死したのは、その数日後であった。

いよいよ、村人達は神父に対して、物を言えなくなった。

「神父様に逆らうと、バチがあたる」

「いや、あれは呪《のろ》いがや」

「神様が呪うがやか？」

「くわばら、くわばら」

何事につけ、こんな具合であった。

だが、グリーン氏の死去も単なる偶然に過ぎなかった。神父と喧嘩《けんか》した憂さ晴らしに酒を飲み過ぎたグリーン氏が、酔ったあげくに階段を踏み外して転落、脳挫傷《のうざしょう》。ただそれだけの事であったが、発見が翌朝と遅れたため、当時では死因が特定出来なかったのである。

しかし、暴戻《ぼうれい》なる神父としては、二人の偶然の死を利用しない筈《はず》が無かった。

「わしに背《そむ》くと損じゃぞ……」

寄付を拒もうとした者に、そう囁《ささや》き、『呪殺《じゅさつ》』を示唆したという話が伝えられているが、多分にこれは真実であろう。

しかしながら、それでも村人の中には、それなりの笑顔があった。その頃《ころ》は、それでも良かった。

ルード少年九歳の時であった。

ルードの家庭には、喜びが満ち溢れていた。新たな生命が誕生したのだ。

ユージーンとクリエは、九年も子供が出来ず、諦《あきら》めていただけに、喜びもひとしおであった。勿論《もちろん》、ルードも弟が出来た事を心から喜んでいた。

ルードの弟はローアと名付けられた。

ところが、その翌年は稀《まれ》にみる大凶作であった。寄付のおかげで、ルードの家には蓄えなどなかった。それは、村のどの家でも同じ事であった。

その年の凶作は、本当に酷《ひど》かった。それはもう、どうしようも無いぐらいに……。

ルードも父も母も、食べるにも事欠いた。満足に食べる事も出来ないクリエは、母乳も出なくなった。ローアが痩《や》せ細っていくのが、見た目にもはっきりと判《わか》った。

ルードが顔を寄せると無邪気に笑っていたローアが、ルードが抱き上げるとしがみついてきたローアが、指を差し出すとそれを紅葉の様な手で握ってきたローアが、今はもう、ただただグッタリとしている――。

その内、ローアは妙な咳《せき》をし出した。体力が弱っているから、何か病気にでもなったのだろう。咳をする毎《ごと》に、体力が余計に失われていく。ローアの衰弱がこのまま続けば、命が危ないという事は、少年であるルードにもはっきりと理解出来た。

村の者が揃《そろ》って、神父に助けを求めに行った。

「少しばかりでいいから、お金を！」

「お願いです、一口のパンを！」

村人は口々に、救いを求めた。

クリエは、こう叫んだ。ローアを胸に抱き、ルードの手を強く握り締めながら……。

「せめて、この子にミルクを！」

母クリエのその言葉は、今もってルードの耳にこびりついている。

が、神父はこう言っただけであった。

「神に祈りなさい……」

村人は神に祈った。神父に言われた通りに。ルードもユージーンもクリエも、ただ祈るばかりだった。

だが、それでどうにかなる訳がなかった。神に祈っただけで解決するなら、誰《だれ》だって幸せになれる。自分でどうにかしなければ、どうにもならない。

それから何日も経ない日の事だった。

「ケホッ、ケホッ、ケホッ、ケホッ…ケグッ……グッ」

ローアの容態が急変した。激しく咳《せ》き込《こ》んだ後、呼吸が止まった。ユージーンとクリエの懸命の看病も虚《むな》しく、ローアは間もなく息を引き取った。

翌日の夕刻、ルードは、村全体を見渡せる小高い丘に立っていた。

「ローーアァァァーーーーーッ！」

ルードの慟哭《どうこく》が夕焼け空を突き抜けていく。ルードの目は、教会を睨《にら》み据《す》えていた。その瞳には、憎悪の炎が灯《とも》っていた。

翌年、クリエは栄養失調と心労で亡くなった。

ルードが神学校に入った時、何処《どこ》から調達して来たのか、ユージーンは学費と生活費を合わせても充分過ぎる金をルードに手渡した。

ユージーンは、そのまま何処《いずこ》かへと失踪《しっそう》した。それ以来、ルードは無論の事、ユージーンの姿を見た者は誰もいない。

「……で、その時……弟のローアが死んだ時……その子供は思ったわけだ。信仰だの教会だの、こんな、くだらないモノがあるからだ、こんなくだらないモノを信じる様な連中の目を覚まさせてやる……ってね。それで、その子供はどうしたか」

「……神父になったのですね？」

「……そう。神父になって、偉くなって……それで、人々の信頼を得た所で、自ら教会の威信を突き崩す様な事をすれば……そうすれば、あんなモノを信じている連中を馬鹿に出来るし、教会に対しても復讐《ふくしゅう》出来る。そう思った……。だが今では、そんな事をする気持ちはさらさら無い。それよりも、この立場を利用して、好き放題してやろう……そう考えたわけだ。おかげさまで、こうして楽しい毎日を送らせてもらってる」

風が雲を吹き飛ばしたようだ。月明かりがジェシカを照らし出した。ジェシカからも私の顔が良く見えている事だろう。ローアの事を忘れた日は無かった。しかし、それを口にするのは初めてだ。多分、私は苦渋に満ちた表情をしているに違いあるまい。

「……そうではないでしょう？」

ジェシカは、射抜く様な、それでいて、包み込む様な眼差しでそう言った。

＊

「……以前に……貴方は、この場所が好きだとおっしゃっていましたわね。貴方の生まれた村と……ここから見える町の光景が似ているのではなくて？　だから、ここへ来ては、その時の事を思い出して……復讐の意を新たにしている」

何を馬鹿な。私は、今まで欲望のままに生きてきた。それは間違いない――。

私は、心の中で必死にジェシカの言葉を否定しようとしていた。だが、実際の所、私の全てを見通す様なジェシカの視線に、私は狼狽《うろた》えていただけかも知れない。

ジェシカの口から、更に言葉が紡ぎ出される。

「貴方は……心の中では、今の様な事をしている自分を嫌っている……。自分で、自分の事を悪人だと思い込んで……それを実行に移す事で……それを確認しようとしている。……違います？」

ジェシカの言葉は的を射ていた。心という的の、しかも、ど真ん中を射ていた。意識の奥深くに封印していたものが、今解放される。が、それは、途方もない苦悶《くもん》を、新たに私に与えた。誰でも心の核を掘り起こすには勇気がいるし、苦痛を伴うものだ。真正面から自分を見られる者は少ない。多くの者が真の自分と対峙《たいじ》する事無く、一生を終えるのだ。

「ところで、何でもお見通しの様だが……。それは君が魔女だからか？」

「……魔女？」

「私も正直に話したんだ。お前も正直になったらどうだ？　セレナの旦那《だんな》と寝ていたのは、お前なのだろう？」

「わたくしは……」

尋ねてはみたものの、ジェシカが何者であれ、私には、もうどうでもよかった。或《ある》いは、ジェシカの言葉によって掘り返された自分の心から目を逸《そ》らしただけかも知れない。掘り返された心の縁は、ささくれ立っている。そこから目を逸らしただけかも……。

「……フフッ……正直ついでに、もう一つ言おう。私は今、お前を抱きたい」

「……え？」

深層から解放された私の心の糸は、縺《もつ》れきっていた。ジェシカは、それをほどいてくれるのではないかと思った。――いや、理屈はよそう。私は、ただ、ひたすらジェシカを抱きたかったのだ。

「お前が魔女だろうが、そうでなかろうが、どっちでもいい。私は、今、ここで、お前を抱きたいのだ」

「……ご冗談を」

「何でもお見通しの様な口ぶりだったが……これが本気かどうか、解《わか》らないのか？」

私はジェシカに飛びかかっていった。ジェシカは後ろを向いて逃げようとする。その背後から襲いかかり、私はジェシカをその場に押し倒した。

「っ！　な、何を！」

「今言った通りだ。抱かせてもらう」

ジェシカは黒いワンピースを纏《まと》っている。私はそれの背中の部分を掴《つか》み、自分の方へ引き寄せた。ワンピースのボタンが弾け飛ぶ。そのまま背中から腕へワンピースの布を捲《めく》り上げる様にすると、ジェシカの熟《う》れたメロンの様な双球がまろび出た。

たわわな乳房だが、乳輪は極小であった。淡い桜色をした乳輪の尖端《せんたん》に、慎《つつ》ましやかな突起がある。

私は、ジェシカの腕を掴んでいた手を離し、乳房へと持っていった。敏感な突起を指で転がすと、徐々にぽってりとしこってくる。

掌《てのひら》を双球の下に添えると、ずっしりと確かな手応《てごた》えが伝わってきた。掌を二つの半球型の膨らみに覆い被《かぶ》せる。が、その膨らみは、とうてい掌に納まらず、押し当てた手の横からはみ出す様に形を変えた。

ジェシカの乳房は、充分な張りがありながら、揉《も》むと溶ける様に柔らかであった。

「や、やめて下さい！」

私はワンピースの裾《すそ》を捲り上げ、下着越しに媚苑《びえん》に手を伸ばした。

「コレを使って、他人の男を誘惑していたとはな」

「な……何の事か……」

「まだとぼけるのか？　あの時、森でセレナの夫と交わっていたのはお前なのだろう？」

「……ち、違います」

「フフン……どうだかな」

ジェシカは腰を捩《よじ》って私の手から逃れようとした。私の手は、はなれた愛門を追いかける。上から抑えられている以上、ジェシカのそんな抵抗は無意味だった。

「ん……ぅぅ……。こ、こんな事して……よいの……ですか……っ。あ、貴方は……人間を導くべき……仕事を持っている……んっ」

その一言は、私の怒りを司《つかさど》る神経を掻《か》きむしった。

「そんな事は知らんな！　何が人間を導くだ！　くそっ！」

抑えきれない怒りが心に湧《わ》き起《お》こり、私の声が荒ぶった。怒りが暴発するなどという事は久しぶりだ。

「私は悪魔など信じていない！　神も信じていない！　信じられるのは己自身だけだ！」

私は、それを言ってしまってから、胸のつかえが取れたかの様にスッとする自分を感じて内心驚いた。

だが、それと反比例して、ジェシカに対する欲望はいや増すばかりだった。いや、胸のつかえが取れた分、純然たる欲情が私を支配していたと言うべきだろう。

今まで多くの女を陥れてきたが、私は何時《いつ》も、何処か冷静であった。なのに、ジェシカは私を惹《ひ》きつけてやまない。ジェシカは私を欲望に狂わせる。私は、完璧《かんぺき》に獣欲の虜《とりこ》になっていた。

「な、何故……貴方は、こんな刹那的《せつなてき》な……生き方……んっ！」

ジェシカの淫肉《いんにく》を弄《なぶ》る手に力を込めた。それは、最早、愛撫《あいぶ》ではない。ジェシカの愛唇を力任せに押し広げただけであった。

「くうッ！　や、やめ……っ……もっと優しくっ……！」

私は、ジェシカの股間《こかん》に添わせた手を、上下に動かした。媚唇全体を左右から挟む様に、親指と中指で摘《つま》む。次いで、親指を菊蕾《きくつぼみ》へ、中指を愛核へ宛《あて》がい、二本の指を細かく震わせた。

「ん……ぁぁぁあああっ！」

指の振動の速さに合わせ、ジェシカの媚声が高くなっていく。耳に心地良い媚声を聞きながら、私は淫裂に指を埋め込ませた。こじ開けられた肉が蠢《うごめ》く感触がしたかと思うと、それに続いて暖かい淫蜜《いんみつ》が染み出してくる。

私は、更に強く指を裂溝にめり込ませた。ジェシカの中へ、薄布とともに指先が沈み込んでいく。下着の生地が張りつめ、それ以上の侵入を拒んだところで、私は指先をブルッとばかりに震えさせた。

「んうっ！」

ジェシカが鼻にかかった声で呻《うめ》いた。とぷりと淫蜜が溢れ出してくる。私は薄布の上から、花芯《かしん》を指先で掻き回した。

花芯を嬲《なぶ》りながら、菊花に当てた親指を押し込んだ。薄い下着の向こうで、菊孔《きくこう》が窄《すぼ》まる感触が伝わってくる。私は、菊孔の抵抗を押しのける様に抉《くじ》った。親指が、薄布を巻き込みながら、埋まっていく。

きつい窄まりを充分堪能《たんのう》した後、私が埋没していた親指を引き抜くと、指と一緒に巻き込まれていた布地の部分に皺《しわ》が寄り、微《かす》かに湿ったままその形を残していた。

ジェシカの淫水が黒い下着の生地に染み広がり、秘苑の形をそのままに、じっとりと浮かび上がらせている。

「こうなっては、覆い隠している意味が無いな」

私はそう言いながら、ジェシカの肌に張り付いた薄布を引き剥《は》がしていった。

「ぁ……」

濡れた布地がゆっくりと剥がれていく感触に耐えきれなかったのだろう。ジェシカが甘い吐息を小さく漏らした。

私は、曝《さら》されたジェシカの淫苑をじっくりと観察した。

亀裂に沿って密集している媚毛は、会陰部に行く程薄くなっていた。だから、花芯は丸見えだ。しなやかな媚毛に蜜液の雫《しずく》がついているのが、酷く淫猥《いんわい》に思えた。

中心部からは、ほどよく発達した左右均等の花弁が覗《のぞ》いている。朱鷺色《ときいろ》をした花弁は、この世のものとは思えない程の美しさだった。

既《すで》に充血しているのだろう。淫莢《いんきょう》から肉芽が顔を出している。しこった肉芽は、真珠色の輝きを放っていた。

ジェシカの生の秘苑に直接おのれの指を触れさせた。ジェシカの媚肉は内側だけでなく、その周辺まで湿っている。秘孔を広げると、中からトロリと新たな蜜汁が流れ出してきた。

一旦《いったん》、手を離すと、私の指とジェシカとの間を粘液の糸が伸びた。ジェシカの肉壺《にくつぼ》が何かを引き込もうとするかの様に動き、その拍子に粘っこい糸がプツリと切れる。

「あ……はぁ……ん……っ……！」

「……凄《すご》いな。もう大洪水だ」

私は、中指をジェシカの蜜壺へ挿《さ》し入れた。その途端、ジェシカの肉襞《にくひだ》が吸い付く様に動き、指全体を包み込む。私は驚嘆しながら、二本、三本と、蜜壺に挿し入れる指を増やしていった。挿し込んだ指全体が、熱い程の肉襞の感触に包まれる。指を少し動かせば、ジェシカの蜜壺が敏感に反応して蠢き、トロリトロリと秘蜜を吐き出してきた。

暖かい秘蜜、吸い付いてくる膣襞《ちつひだ》……。

私は、己の肉棒がこの感触に包まれた時の事を想像すると、昂《たか》ぶりを禁じ得なかった。媚肉を弄《もてあそ》ぶ手はそのままに、私はジェシカの背中に顔を近付け、突きだした舌で背骨に沿ってツウーッと舐《な》め上げた。血管が透けて見えそうな程透き通る様な白い肌に、私の唾《だ》液《えき》の痕《あと》が一筋の線となってヌラリとした光を放つ。

今度は腰から首筋へ向けて舌を這《は》い上《あ》がらせていった。舌が移動するにつれて、ゆっくりとジェシカの背中が反《そ》り返《かえ》ってくる。私は、ジェシカのうなじに顔を埋め、そこで舌を離した。ジェシカが深い溜息《ためいき》をつき、上体がぱたりと崩れ落ちる。

ジェシカの背中を、私の舌が這い回る。もう何度往復したか解らなくなった頃、ジェシカの艶《なま》めかしい肌の上は、私の唾液でベトベトになっていた。

「ん～……はぁ、はぁ……は、んぁ～……」

掌を握り締めて躯《からだ》を震えさせるジェシカの反応に満足した私は、背中から一旦顔を離した。そして、ジェシカの臀部《でんぶ》へと視線を下げる。私は、月の光を浴びて浮き立つ白い双丘の表面に唇をつけ、肌を強く吸い上げた。吸った痕が、桜色の花となって、ジェシカの肌を飾っている。

次いで、私はそこに軽く歯を当てた。歯を徐々に強く圧《お》し当て、肌を挟み込む。ジェシカの呼吸がどんどん荒くなり、ビクビクと躯を震わせる。口を離すと、歯形が三日月形の赤い印となり、写し絵の様に向かい合って浮かんでいた。

「んん！　はぁ……はぁ、ぅんっ……んあぁぁ……」

「フフ……。もう準備は整った様だな。私もお前の中に入れたくて堪《たま》らないんだ。さぁ、味わわせてもらおうか。」

「あぁ……はぁ、はぁ……や、やめて下さいまし……」

「ふふっ……いつまでそうやって耐えられるかな？」

私は剛棒をジェシカの淫泉に宛った。剛棒をジェシカの花芯に、肉芽に擦《こす》り付ける。

ジェシカの淫泉から湧き出る暖かい粘液が、とろりとろりと流れ落ち、私の剛棒にまとわりつく。私は、そのヌルヌルとした粘液をジェシカの花苑全体にぬりたくる様に剛棒を動かした。

「どうした？　腰が動いているぞ」

「あ、あぁぁぁ……」

「さあ、いくぞ」

私はジェシカの衣服を全て剥ぎ取り、そのままの体勢で、後ろからジェシカの淫道へと剛直を埋めていった。否、埋めていくというよりも、ジェシカ自身に吸い込まれている様であった。

「ん……はぁ……んうっ！　はんっ……ん……んはぁっ！　あああっ！」

私は全身を突き抜ける様な快感を堪《こら》えて、ジェシカの中に根元まで納め込んだ。ジェシカの媚壺《びつぼ》が、優しく、暖かく、私の剛棒を刺激する。剛棒全体をまるで舐めるが如《ごと》く、柔らかく、それでいて充分な圧力をもって包み込み、渦巻く様に蠢動《しゅんどう》している。

す、凄い……。すぐにでもイってしまいそうだ——。

「あ……ん……」

私がじっとしていると、ジェシカが鼻にかかった声を出しながら腰を動かし始めた。甘い痺《しび》れが、腰の辺りに広がってくる。私は堪《たま》らずに、ジェシカの淫壺から剛直を引き抜いた。体勢を入れ替え、ジェシカの頭を剛直に押し付ける。

ジェシカは私のモノを口に含んだ。暫《しばら》く、肉竿《にくざお》をしゃぶった後、私が何も言わないのに、ジェシカは肉竿を乳房で挟み込んだ。私の肉竿はジェシカの綿飴《わたあめ》の様な柔らかな乳房で擦られる。そして、ジェシカは幹の部分を乳房で挟んだまま、肉傘を露出させ、先端部を咥《くわ》えた。

ジェシカの舌技は絶妙を極めていた。亀頭部を縦横無尽に舌が這い回る。治まっていた射精衝動が再び脊髄《せきずい》を駆け上がってきた。

もう、限界だ——。

唇を離させた私は、ジェシカを仰向《あおむ》けにさせた。ジェシカを一気に貫く。ジュプリという湿った音とともに、剛棒がジェシカの蜜壺の最奥まで潜り込んでいった。

「んっ……。う……んくっ……はぁ、はぁ……ん……」

控えめでいて甘美な声がジェシカの口から漏れ、私の脳髄を痺れさせた。ただ無言で腰をゆっくりと動かす。しかし、私の意思とは無関係に、腰の動きは大きく速くなっていった。それにつれ、ジェシカの声が更に艶《つや》を帯びていく。

ジェシカの躯が、いきなり仰《の》け反《ぞ》った。

「んっ……はぁ……あぁぁ……は……んぁっ！　んあああっ！」

これまで以上の歓喜の声が、私の耳朶《じだ》を打つ。と同時に、ジェシカの膣壁がまるで別の生き物の様に、私の肉棒に激しく絡み付いてきた。

ジェシカの躯が艶めかしく躍る。ジェシカの髪が揺れ、香り立つ牝《めす》の匂《にお》いが私の鼻孔に充満する。それは、甘く、私の躯を熱くさせる芳香であった。

「うんっ……！　はっ、はっ……んんぁ、あふっ！　す、凄……い……ああ！」

私は、ジェシカの悩ましい声を聞きながら、腰を突きまくった。頭が朦朧《もうろう》として、何も考えられない。自分の激しい息づかい……。昂まっていくジェシカの甘い喘《あえ》ぎ声……。それだけが意識の中を満たしていった。

「ああっ！　はあっ！　と、とても……あ、はあぁっ！　あああぁっ！」

ジェシカの淫声とは別に、私の頭に他の声が響いてきた。

『うッ！　は！　うおおっ！　うぅぅぉおっ！』

この獣の様な声、これはあの夜、森で見た――。

「あっ！　はあっ！　はあぁっ！　あああっ！」

『す、凄い……あぁ、流れ込んで……くるっ！　……あ、あぁ〜っ！』

瞬間、頭の中が真っ白になった。

気が付くと、私はジェシカの中に精液を迸《ほとばし》らせていた。ペニスが幾度も脈打ち、熱い体液がジェシカの中を満たしていく。ジェシカの蜜壺は、私の精液を全て吸い尽くそうとする様に、蠢き、うねり、ペニス全体に密着した。

剛直の脈動が治まっていく。直後、私の躯がジェシカから弾き飛ばされた。

ジェシカの蜜壺からは、放ったばかりの白い体液が逆流し、ブクブクと泡立ちながら噴き零《こぼ》れていた。

が、一旦蜜壺から溢れ出た白濁汁は、ジェシカの蜜壺内に再び吸い込まれていった。

私は、薄れゆく意識の中で、それを見つめていた。


ああ……なんて気持ちが……いいんだ――。

全身を脱力感が包み込む……。

と、私の全身を激しい衝撃が突き抜けた。意識が、だんだん鮮明になっていく。

私は……そうだ。ジェシカと――。

私は顔を上げてジェシカを見た。

「……な、何⁉」

目の前に、奇妙な姿をした女が立っていた。

ほとんど裸に近い躯は金色の優雅なラインで縁取られており、かろうじて一部分を覆っている。桜色をした長い髪は仄《ほの》かに輝き、風も無いのにユラユラと揺れている。まるでそれ自体が意識を持った生き物の様に……。背中に煌めく金の翼を持ち、先が矢尻《やじり》の様に尖《とが》った尻尾《しっぽ》を生やしている。髪がゆらめくと同時に、その尻尾もユラリとしなった。

ただ、その瞳は哀しそうな色を湛えて揺れていた。瞳に憂いをたたゆわせ、儚《はかな》げな笑顔を浮かべて立つ女を私はじっと見つめた。

「素晴らしいわ。この姿になれたのは、久しぶり……」

「ジェシカ……なのか……？」

「わたくし……？　わたくしの名前はラスパティス」

「……ラスパティス？」

「そうですわね……。貴方に解りやすく表現すれば……悪魔といったところでしょうか」

悪魔……だって――？　私は哄笑《こうしょう》せずにはいられなかった。魔女かも知れないとは思っていたが、まさか悪魔だったとは――。

ラスパティスは、高笑いする私を余所《よそ》に、言葉を続けた。

「それにしても……この姿になれたのは本当に久しぶりですわ。それも、一人の殿方と、しかもたった一度の『食事』で……」

「食事……？」

「ええ。私達は、他の生物……例えば人間から精を得て生きています。中でも、交わる時の精が一番素敵」

なるほど、それで『食事』か――。

「この姿になるためには、相当の力を必要とするのに……。貴方は……素晴らしい精の持ち主ですわ……」

精を栄養にしている悪魔か。実感が湧かないな。そもそも実物を目の前にしても、まだ信じられない。どのみち、私を見逃す気は無いのだろう。私の悪行もここまでか。まあ、それもいい。それにしても、こんな状況だというのに、妙に落ち着いている。不思議な気持ちだ――。

「フン。実は、さっきので力が抜けて、逃げる事も出来そうにない。やるなら、さっさとやってくれ」

ラスパティスと名乗った悪魔は、優しく私を押し倒し、萎《しな》びた肉茎をそっと手に取った。

「……何をする気だ？」

「わたくし達は……その気になれば、相手の全ての精を吸い取る事が出来ますから」

しなやかな指で蕩々《とうとう》と愛撫され、再び悦楽が背筋を駆け上がる。どうやら、指の巧みな動きのせいだけではなさそうだ。魔力でも使っているのか。さっき放ったばかりだというのに、私の肉棒が再び鎌首をもたげてきた。

「んむっ……」

ラスパティスが厚みのある唇で淫茎を咥え込み、舌でツウッと舐め上げた。淫茎がビクビクッと震え、一気に膨張する。

「……っ！　なるほど……それで私を殺そうと……言うんだな」

ラスパティスが唇を離した時、私の剛棒は、再び怒濤《どとう》の如く猛《たけ》り狂《くる》っていた。

「では……いきますよ……」

ラスパティスが私に跨《また》がってきた。吐息をついて、髪を掻きあげるラスパティス。その全身から奇妙な模様や翼がスッと消える。

「精……それは即ち、命の灯火《ともしび》……。さあ……極上の命を味わわせて下さい……。貴方には……せめて、気持ちいいまま……死なせてさしあげます……」

ラスパティスが徐々に腰を降ろし、私の剛直が、再びあのしなやかな愛門の中へと飲み込まれていった。

その直後に、私は二度目とは思えない程の濃厚な樹液を放出した。だが、私の剛棒は一向に萎《な》える気配を見せない。

「相手が気を遣《や》る時が、一番上質な精を得られる……」

続けて腰を使いながら、ラスパティスはそう言った。一瞬にして、三度目の夥《おびただ》しい量の白濁汁を射出する。それでも、肉茎は屹立《きつりつ》したままだ。

更に、私はラスパティスの口内に四度目の白い汚濁を放った。

その内、私はもう何度発射したか解らなくなってきた。幾度発射しても、私のペニスは勃起《ぼっき》したままだった。

「わたくし達は、こういう事で力を得ていますから……」

ラスパティスは、まだ私の上で腰を揺さぶっていた。ラスパティスの躯の向こうで、揺れる尻尾が見え隠れしている。サワサワとなびく髪の隙間《すきま》からラスパティスの瞳が覗く。その哀しげな瞳に吸い込まれそうな気がした。

私の上で躯を火照らせたラスパティスが、微かな吐息を漏らすたびに、豊満な乳房がブルルッと震えた。

くねる尻尾、波打つ髪の毛……。桜色に上気した肌、長く震える甘い声……。全てが艶やかに、私の心を彩った。

とりわけ、私を魅了したのは、私を見下ろすラスパティスの潤んだ瞳であった。

私は、ラスパティスの瞳をじっと見つめ続けた。

「あっ……はっ……はぁ、はぁ……あああっ！」

『んんっ！　は、あああ〜っ！　あぁぅっ！　ふっ！　あぐっ！　はぁあぁぁ……あ、あああぁぁぁ〜〜ッ！』

ラスパティスの蜜壁が律動し始めた。私の中で、今までに無い昂揚感《こうようかん》が湧き上がってきた。これまでの人生の中で、究極の昂ぶりであった。

ラスパティスの動きがいっそう激しくなり、肉襞が引き締まり出した。ラスパティスが私のペニスの先端から、私の全てを吸い尽くそうとしているのが、私にも解った。

これ以上、持ちそうにない。これまで……だな——。

快楽だけが、私の中で急激に膨らんでいった。それは限界まで膨張して、そして弾けた。

「あ、はぁはぁ、あぁぁ……あああぁぁぁっ！」

ラスパティスの中に最後の精を放った瞬間、私の意識は薄れていった。

全身の力が消失していく。血の気が引いていくのが解る。おそらく、私の躯は蒼白《そうはく》になっているに違いない。

これで……私は死ぬのか……。今日は死ぬにはいい日かも知れない——。

……。

……………。

………………。

——ドクンッ！

「…………」

——ドクッ！　ドクンッ！

「うっ……な、何だ……？」

数瞬の後の事だった。何かが私の躯の中で跳ねた。

躯に……心に……意識に……力が溢れ出す。

まるで存在しないかの様に希薄な感覚しかなかった躯に、その力が満ちていった。

「そ、そんな……精を全て奪った筈なのに……。な、何故……？」

私に跨ったままのラスパティスは、困惑と驚愕《きょうがく》が綯《な》い交《ま》ぜになった様な表情で、私を見下ろしている。

「さあ、何故だろうな。全身に力が湧いている事だけは確かだ」

「た……確かに……一度は気が全て消滅したのに……」

「解らない事は答え様が無い。それより……」

私は上半身を起こした。二人の躯が繋《つな》がったまま転がる様に入れ代わり、ラスパティスは背中から地面に倒れる。

「たっぷりと愉《たの》しむ方がいいと思うんだが？」

私はそう言うなり、ラスパティスを組み伏せた。

「あぁっ⁉　ああうっ⁉」

躯が熱い。それに、異常なほど昂奮していて、とても抑える事が出来ない——。

私は、自分の剛棒がラスパティスの肉壺の中に収まったままなのを幸いに、腰を突き降ろした。ラスパティスの膣奥深くまで、剛棒を挿し入れ、引いてはまた挿し入れる。

私の躯からラスパティスの中へと、力が流れ込んでいく感覚がはっきり解った。躯の奥底から湧き出し続ける力が、私の全身に漲《みなぎ》ってくる。ラスパティスへと流れている分がなければ、躯がその内圧で破裂してしまいそうだ。私は、有り余る力を発散させる様に、力任せにラスパティスを突きまくった。

「ああっ！　ああ！　そんっ……なに……激しっ！　あっ！　あ、あああっ！」

ラスパティスの淫襞が、まるで、激しく抽送《ちゅうそう》する豪棒《ごうぼう》を捕まえようとするかの様に吸いついてきた。凄《すさ》まじい快感が腰から全身に伝わり、鳥肌が立つのを自覚しながら、私はラスパティスの肉壺を思いのままに掻き回した。

「あうっ‼　んっ！　はぁ、はぁあっ！　す…ごっ……すぎるっん！　な、何……ああ、これ……あああっ！」

快楽に加えて、私の力が大量に流れ込んでいるためだろう。限界まで開かれたラスパティスの唇から途切れ途切れに叫び声が迸った。私は一層激しくラスパティスを貫き続ける。

吹き出した汗がラスパティスの肌をグッショリと濡らしている。互いの躯が激しい音とともにぶつかりあい、その衝撃で肌がビリビリと震えた。私の肌から飛び散った汗が、光る飛沫《しぶき》となってラスパティスの全身に降り注ぐ。それは、ラスパティスの汗と混じり合い、更に大きな粒を成した。

ラスパティスの肌の上を右に左に跳ね回る汗の粒は、月明かりを反射して小さく儚い虹《にじ》をつくった。私はそれを見ながら、峻烈《しゅんれつ》なまでの抽送を繰り返した。

「はぁ、はぁ……んはぁ～ぅんんん～～……っ！」

ラスパティスが、声を圧し殺して泣いている様な呻き声を出し始めた。ラスパティスの蜜襞が痙攣《けいれん》を起こしたかの様に収縮し出す。

「あ……ふっ！　あっふ～っ……ぅうん～～っ！」

ラスパティスの声が震え、髪の毛が地面を掴む様ににザワザワと広がっていった。私の腰の辺りに、熱いモノが次々に集まって来るのを感じる。

ラスパティスの尻尾が、ビクッ、ビクッと震え始めた頃、私も既に耐えきれない愉悦の波に全身を襲われつつあった。肉幹の中を熱い塊が激烈な勢いで通過していく。

「はんっ！　あ、あああぁぁぁ～～～～ッ！」

ラスパティスがアクメの絶叫を上げて仰け反った。ラスパティスの秘壺全体がギュッと攣縮《れんしゅく》して私の剛棒を締め上げる。その心地よい快感の渦の中心に、私は灼熱《しゃくねつ》の白濁液を迸らせた。

エピローグ

激しい情事が終わった後、ルードとラスパティスは地面の上に寝転がってただ黙っていた。気怠《けだる》い疲労感がルードの全身を包む。そのせいか、すぐ横にいる悪魔に対して、敵対心や警戒心が起こらなかった。ラスパティスもそうなのだろう。ルードに対して、どうこうしようという気は無い様であった。

地面のひんやりとした感覚が火照った肌に伝わる。風に揺れる木々が微《かす》かにざわめいている。そして、隣で深い呼吸を繰り返すジェシカ＝ラスパティス。ルードは、その全《すべ》てが愛《いと》しく思えた。ラスパティスと交わる前に、ルードの心にドス黒いものが渦巻いていたのが、嘘《うそ》の様であった。

「ラスパティス……とか言ったな。あれは食事だと……」

「ええ……食事といっても、貴方達《あなたたち》の言い方に合わせただけですけれど……。貴方達が食事をしなければ死んでしまう様に……わたくし達は、他のものから『精』を得ないと生きてはいけない。そして……結合している時が、最も上質で大量の精を得る事が出来る」

ルードは、セレナの夫の事について、改めて問うてみた。ラスパティスは、今度は正直に答えた。セレナの夫もラスパティスにとって『食事』の対象であった。ただ、ラスパティスは、こう付け加えた。

「言っておきますけれど、あの男性にその記憶はありませんよ。他人を操る程度の術《すべ》は心得ていますから……」

記憶を操る？　つまり、その人間にとっての時間《とき》を操るという事か？　私《わたし》にとって時間とは何だったのだろう――？

ルードは、ふとそんな事を考えた。それをラスパティスにぶつけてみる。

「うふふ……。完璧《かんぺき》な時間――それがあるとしたら、わたくしには操れないでしょうね」

完璧な時間――。ルードは直感でそれを理解した。

まるで時が止まって、その瞬間だけで生きられる様な時間。それを感じた時――それは全てを認識した瞬間。生命の本質は、一瞬に凝縮されている。それは、とても力強い一瞬。

ルードはそれを知った。ラスパティスとの出会いによって……。

「しかし……お前が悪魔だという気がしないな。普通の生き物の様だ」

「別に……特別な存在ではありませんわ」

ラスパティスは、自分は別の次元から来たと言った。その世界では、ラスパティスは別段、特別な存在ではない。それが、この世界に来てしまった。ラスパティスは、この世界の者には無い力を持っている。この世界の者とは違っている。ただ、それだけだと言った。

「では、お前は別の世界から来たのか……」

「そう……。そして……戻れない」

「戻れない？」

「………」

ラスパティスは、黙ったまま、深憂《しんゆう》な眼差《まなざ》しでルードを見つめた。

「……世界はひとつではありませんわ。様々な世界が隣り合って存在しています」

ラスパティスはそう切り出した。

ラスパティスの昔語り……そう、遠い、遠い、昔語りであった。

ラスパティス達淫魔《いんま》の一族は、隣り合う世界を行き来していた。次元を渡る扉が在ったのだ。

だが、別の次元の住民——それも人間から見れば『魔』であるが——彼等《かれら》はその扉を閉じようとした。おそらく、淫魔族が次元を渡るのが気に入らなかったのだろう。

淫魔族は彼等と戦った。その時、それまで人間界の者に知られない様に活動していた魔の者達が人間の目に触れてしまった。

やがて、雌雄《しゆう》は決した。彼等は淫魔族以上の力を持っていた。結局、淫魔族は彼等との戦いに敗れたのであった。

「貴方は、何故《なぜ》この世界で魔女狩りなどというものが始まったか、ご存じ？」

「……いや、知る筈《はず》が無い。それに私が生まれた時には、もう魔女狩りは始まっていたのだからな」

「人間とは、未知の存在を恐れるもの……。伝染病、災害……それ以来人間は、様々な事を悪魔の仕業《しわざ》だとして恐れました。彼等との戦いに負けたわたくし達は……その頃《ころ》には、ほとんど残っていませんでした。ところが、人間は悪魔を恐れる余り……」

「悪魔の代わりに……人間を魔女に仕立てた……すなわち『魔女狩り』の始まり……」

ほとんどいない者に対する恐れから逃れるために、『魔女狩り』という逃げ道を作ったというわけか。全《まった》く、人間ってのは——。

ルードはそう思った。が、同時にこうも思っていた。

私も同類か——。

「昔の話です……」

ラスパティスは、遠い目をして、そう言った。

「……待てよ。戦に敗れたのなら、その『扉』とやらは閉じられたのだな？」

ルードは、遠くを見るラスパティスの哀《かな》しげな瞳《ひとみ》を覗《のぞ》き込《こ》んだ。ラスパティスは、無言でうなずく。

「なら、お前はそれからずっと、この世界にいたのか？」

「……そういう事になりますわね」

「昔……って、どのくらい昔なんだ？」

「……もう……忘れてしまいました」

「そんな長い時間……お前はどうやって過ごしてたんだ？」

「……旅を……旅をしていました」

「独り……でか？」

「適当な場所を見つけて……適当な人を誘って……魔女容疑をかけられそうになったら、また別の場所を捜す。ずっと、それの繰り返し……。ずっと……」

ずっと……そうやって彷徨《さまよ》っていたというわけか。あてもなく……たった独りで――。

ルードの胸が痛みで軋《きし》んだ。こんな事は、弟を亡くして以来であった。ラスパティスの痛みは、ルードの痛みでもあった。

「何故、私にそんな事を話したのだ？」

「貴方に興味があるんです。貴方は、何者なんですの？　貴方は、わたくしの術を防ぎました。何か、力を持っています」

そう言われても、ルードには心当たりも無いし、今までそういったものを感じた事も無かった。

「昔……わたくし達が戦っていた相手……彼等の中には、この世界の住民と交わった者もいたそうです」

「じゃあ私は……」

ルードは、他の次元の者と人間の間に出来た子供の末裔《まつえい》だというのだろうか。が、そんな事は、ルードにもラスパティスにも解《わか》る術が無かった。

或《ある》いは、『完璧な時間』がラスパティスの術を防いだのかも知れない――。ルードは、そうも思った。

「それにしても、こうなってしまっては、ここにも、もういられまい？　これから、どうするんだ？」

「また、別の場所に行きます。今までと同じですわ。そして、これからも……ずっと同じ事の繰り返し」

私と同じ……。ずっと、独り……。だが、私が一緒に行けば……。彼女も私も独りではなくなる——。

ルードは、ラスパティィスとともに行く事を望んでいた。ルードは、一瞬、そんな自分を否定しようともしたが、それは所詮、無意味な事であった。無意味な事であると自分で気付いたのだ。

ラスパティィスの孤独な瞳を見ている内に、遺恨も憎悪も怨嗟《えんさ》も、そういったドス黒い情念の全てが霧散していった。ルードは『ルード』という核だけを残し、そして、その『核』を中心に自分が再構築されていくのを自覚していた。

「……私も一緒に行こう。……君も私も独り者どうしだ。それならば、いっそ一緒にいた方が、何かといいと思うのだが？」

「で、でも……」

「……嫌かね？」

「い、いいえ。で、でも、それでは貴方が……」

ルードは、仮面ではない笑顔を浮かべた。

復讐《ふくしゅう》か？　あれは、もういい。それより大切なものを……私は見つけたのだから——。

その笑顔は、何よりも雄弁にルードの気持ちを物語っていた。

ラスパティスの目は、潤んでいた。

だが、もう彼女の瞳からは、憂いも哀しみも消えていた。


「……ジェシカ」

「何度も言います様に……この姿の時はティスとお呼び下さい」

ジェシカは、ラスパティスの姿になって、ふわふわと空中を浮かんでいた。

「では、ティス。私も何度も言っている筈だぞ？　むやみに、その姿になるんじゃない」

「大丈夫です。こんな夜更けに、こんな山道を歩いている人など、いませんわ」

あの後すぐ、ルード達は誰《だれ》にも知られない様に町を出た。

町の人達の記憶を全て消して……。

そして旅を続けて、もう二ヶ月になる。

ラスパティスにとって、今までと同じ、目的も無い、アテも無い旅……。

ひとつだけ違うのは、その隣にはルードがいる事。そして、ルードの側《そば》には、いつも彼

エピローグ

女がいる。

……いつも二人。

「ねぇ〜。そろそろ、何処《どこ》か落ち着ける場所を見つけて、ちゃんと暮らしませんか？」

ラスパティスは、ルードの顔を期待する様な眼差しで見つめている。

「……明日になったら考えよう。ところで……さっきから、えらくご機嫌の様だが。何かいい事でもあったのか？」

ラスパティスは、ゆらゆらと髪を揺らしながら笑っていた。その尻尾《しっぽ》が、ピコピコとリズムをとる様に揺れている。

「実は、その……赤ちゃん……が……」

「え？　もっとちゃんと言わないと聞こえないぞ」

「明日になったら、お話しします」

「何だそれ、さっきの仕返しのつもりか？」

ルードは、怒ったふりをして、ラスパティスの尻尾を

掴《つか》もうとした。ラスパティスは、ふわりと高く舞い上がり、ルードの手を避ける。

「家は……森に近い方がいいな。……森の中に家を建てて……近くに泉があればいいな」

「そ、そうですわねっ。……うふふふっ。……でも、どうして泉なのです？」

「そりゃ、お前が水浴び出来る様に……あっ！」

「……まさか、覗いて……いらっしゃったのですか？」

ラスパティスは怒った――ふりをした。不敵な笑顔を浮かべたラスパティスは、空中で躯《からだ》を回転させ、ルードに近寄って来る。

「あ、あー。今さら、気にする様な事でもあるまい……ん？　なんだ、そんな笑顔を浮かべて……気味が悪……お、おい、近付くな！　や、やめろティス！　わあっ！」

――バカッ！　ボカッ！　ドカッ！　バキッ！

派手な音が響いた。

「鬼っ！　悪魔～っ！」

が、殴られるルードは、むしろ嬉《うれ》しそうな顔をしていた。

旅を続ける二人の表情は、この上なく穏やかであった。

行くのだな、ルード。軌跡を全て消して――。

見えぬ次元から、そんな二人を見下ろす視線があった。視線の主は、ルードの父、ユージーンだった。

ラスパティスの予想は正しかった様だ。ユージーンが失踪《しっそう》したのは、『魔』の者の血が覚醒《かくせい》したためだったのだ。

全ては幻。全ては消える。ルード、お前に現在《いま》というものが無くなるのだ。私達は、魔の者。人の陰に見え隠れして時間《とき》を渡る——。

おそらく、ルードの魔の血もいつか覚醒するのであろう。いや、もう目覚めているのかも知れない。

ゆらりゆらりと時間が揺れる。揺れる時間。止まった時間。永遠の時間。

だが、ルードは決して独りではない。そして、ティスも……。

ルードとティスは、二人でひとつなのだ。

そして——。

それこそが、完璧な時間……。


（了）

あとがき

パラダイムでは初めましてになります。南雲恵介と申します。以後、お見知り置きを。

さて、今回のテーマは時間です。どうしようとも、時間というものは容赦無く過ぎ去っていきます。長い長い時間を独りで旅してきたティスの想いは、どんなのだったのでしょう？　苦渋に満ちた時間を過ごしてきたルードの想いは、どんなのだったのでしょう？

ティスに対しては無論のこと、物語の中で鬼畜の限りを尽くすルードに対しても、私は胸の痛みを禁じ得ませんでした。

もし、私達が『永遠の時間』を生きる事が出来たとしても、それに耐える事は不可能でしょう。だけど、『完璧な時間』というものを経験出来るなら、たとえそれが一瞬であっても経験したいものです。

はてさて、『時間』は、我が身をジリジリと焼いていく炎なのでしょうか？　それとも、一緒に『人生』という旅をともにする友人なのでしょうか？　私事で恐縮ですが、執筆中に母を亡くした事もあり、私は時間に対して思いを馳せずにはいられませんでした。

最後になりましたが、この物語を読んでくださった読者の皆様と、ともすれば挫けそうになった私を叱咤激励してくれた友人達に感謝します。


淡路島にてルードとティスの旅の幸福を願いつつ——二〇〇二年一月　南雲恵介

魔女狩りの夜に

2002年2月15日 初版第1刷発行

著　者　南雲 恵介
原　作　アイル【チーム・Riva】
原　画　リバ原 あき

発行人　久保田 裕
発行所　株式会社パラダイム
〒166-0011東京都杉並区梅里2-40-19
ワールドビル202
TEL03-5306-6921 FAX03-5306-6923

装　丁　妹尾 みのり
印　刷　図書印刷株式会社

乱丁・落丁はお取り替えいたします。
定価はカバーに表示してあります。

Printed in Japan 2002

既刊ラインナップ

定価 各860円+税

1 悪夢～青い果実の散花～
2 脅迫
3 痕～きずあと～
4 慾～むさぼり～
5 黒の断章
6 淫従の堕天使
7 Esの方程式
8 歪み
9 悪夢 第二章
10 瑠璃色の雪
11 官能教習
12 復讐
13 淫Days
14 お兄ちゃんへ
15 緊縛の館
16 密猟区
17 淫内感染
18 月光獣
19 告白
20 Xchange
21 虜2
22 飼
23 迷子の気持ち
24 ナチュラル～身も心も～
25 放課後はフィアンセ
26 骸～メスを狙う顎～
27 朧月都市
28 Shift!
29 いまじねぃしょんLOVE
30 ナチュラル～アナザーストーリー～
31 キミにSteady
32 ディヴァイデッド
33 紅い瞳のセラフ

34 MIND
35 錬金術の娘
36 凌辱～好きですか？～
37 My dearアレながおじさん
38 狂＊師～ねらわれた制服～
39 UP!
40 魔薬
41 臨界点
42 絶望～青い果実の散花～
43 美しき獲物たちの学園 明日菜編
44 淫内感染～真夜中のナースコール～
45 MyGirl
46 面会謝絶
47 偽善
48 美しき獲物たちの学園 由利香編
49 せ・ん・せ・い
50 sonnet～心かさねて～
51 リトルMyメイド
52 flowers～ココロノハナ～
53 サナトリウム
54 はるあきふゆにないじかん
55 プレシャスLOVE
56 ときめきCheckin!
57 散櫻～禁断の血族～
58 Kanon～雪の少女～
59 セデュース～誘惑～
60 RISE
61 虚像庭園～少女の散る場所～
62 終末の過ごし方
63 略奪～緊縛の館 完結編～
64 Touchme～恋のおくすり～
65 淫内感染2
66 加奈～いもうと～

67 PILE・DRIVER
68 Lipstick Adv.EX
69 Fresh!
70 脅迫～終わらない明日～
71 うつせみ
72 Xchange2
73 M.E.M.～汚された純潔～
74 Fu・shi・da・ra
75 絶望～第二章～
76 Kanon～笑顔の向こう側に～
77 ツグナヒ
78 ねがい
79 アルバムの中の微笑み
80 ハーレムレーサー
81 絶望～第三章～
82 淫内感染2～鳴り止まぬナースコール～
83 螺旋回廊
84 Kanon～少女の檻～
85 夜勤病棟
86 使用済～CONDOM～
87 真・瑠璃色の雪～ふりむけば隣に～
88 Treating 2U
89 尽くしてあげちゃう
90 Kanon～the fox and the grapes～
91 もう好きにしてください
92 同心～三姉妹のエチュード～
93 あめいろの季節
94 Kanon～日溜まりの街～
95 贖罪の教室
96 ナチュラル2 DUO 兄さまのそばに
97 帝都のユリ
98 Aries
99 LoveMate～恋のリハーサル～

〈パラダイムノベルス新刊予定〉

☆話題の作品がぞくぞく登場！

146.月陽炎《つきかげろう》

すたじおみりす　原作

雑賀匡　著

　大正時代。宮司見習い中の悠志郎は、帝都から遠い田舎の神社へ、秋祭りの手伝いにやってきた。そこで彼は不可思議な体験をすることになる。異母姉妹の少女たち、そして猟奇殺人事件。『堕ち神』とは一体…？

142.家族計画

ディーオー　原作

前薗はるか　著

　沢村司は、排他的で人付き合いの苦手な少年だった。そんな彼がある日、路地裏で行き倒れているチャイニーズの少女を拾った。あまりかかわり合いたくはなかったのに、なぜか同居するハメになってしまう！